Alice de novo

Obras da autora publicadas pela Editora Record:

Minha vizinha Alice
Alice de novo

Alice de novo

Judi Curtin

Tradução de
JANAÍNA SENNA

galera
RECORD
Rio de Janeiro | 2012

CIP-BRASIL. CATALOGAÇÃO-NA-FONTE
SINDICATO NACIONAL DOS EDITORES DE LIVROS, RJ

Curtin, Judi
C987a Alice de novo / Judi Curtin; [tradução de Janaína Senna]. – 1ª ed. – Rio de Janeiro: Galera Record, 2012.
(Minha vizinha Alice; 2)

Tradução de: Alice again
Sequência de: Minha vizinha Alice
ISBN 978-85-01-08628-0

1. Novela juvenil irlandesa. I. Senna, Janaína, 1974-. II. Título. III. Série.

11-4602 CDD: 028.5
CDU: 087.5

Título original em inglês;
Alice again

Publicado primeiramente por The O'Brien Press Ltd., Dublin, 2006.
Publicado mediante acordo com The O'Brien Press Ltd.

Texto revisado segundo o novo Acordo Ortográfico da Língua Portuguesa.

Design de capa: Izabel Barreto

Impresso no Brasil

ISBN 978-85-01-08628-0

Para Dan, Brian, Ellen e Annie.

AGRADECIMENTOS

A toda minha família e amigos que me apoiaram ao longo dos anos.
A Ellen e Annie por sua ajuda com este livro.
A Liz pela foto (de novo).
A todos na The O'Brian Press, principalmente minha editora, Helen.
A Andrea e Robert por seu grande trabalho no Reino Unido.
Às livrarias que expuseram *Minha vizinha Alice* tão bem, e ainda me convidaram para leituras – principalmente O'Mahony's e Easons, em Limerick, e Facts&Fables, em Nenagh.
À Biblioteca Municipal de Limerick.
A todas as crianças que fizeram críticas tão interessantes e que me enviaram maravilhosos e-mails e cartas sobre *Minha vizinha Alice*.
Às muitas escolas que me convidaram para visitá-las e fazer leituras de *Minha vizinha Alice*. Estas escolas incluem: Escola Primária Holy Name, Escola Primária Dunstan's, St. Bridget's, St. Catherine's, St. John's e Escola Primária Chorlton Park (todas em Manchester). E também LSP, Escola Primária Salesian's, Presentation NS e Milford NS, em Limerick. Fui muito bem recebida em todos os lugares onde estive e tratada como a celebridade que eu espero me tornar um dia.

Capítulo um

De repente, ouviu-se um apito agudo do lado de fora no corredor, e as portas do trem começaram a se fechar. Acenei para minha mãe e minha irmãzinha Rosie, que estavam na plataforma. Mamãe passou o braço pela janela e apertou minha mão.

— Tchau, Megan. Comporte-se na casa de Alice — disse ela. — E lembre-se: desta vez, nada daquela brincadeira boba de se esconder embaixo da cama.

Resmunguei. Mamãe *nunca* ia me deixar esquecer o que aconteceu ano passado. Parecia até que eu tinha roubado um banco, matado alguém, espalhado um vírus de computador ou feito alguma coisa séria como essas. Tudo que fiz foi tentar ajudar minha amiga quando ela precisou de mim.

Ora, o que aconteceu foi que Alice, minha melhor amiga, se mudou de Limerick para Dublin com a mãe e o irmão porque seus pais tinham acabado de se separar. Claro que Alice e eu ficamos muito chateadas com isso, então, no Dia das Bruxas, quando veio visitar o pai, ela bolou um plano totalmente maluco. (Alice é especialista em planos totalmente malucos!) Ficou escondida na minha casa por dias, esperando que isso assustasse bastante seus pais a ponto de sua mãe querer voltar para Limerick onde todos viveriam, enfim, felizes para sempre.

É claro que não foi bem isso o que aconteceu. A mãe dela não quis se mudar de Dublin, e só o que minha amiga conseguiu foi arrumar muita confusão.

Mesmo assim, a mãe de Alice permitiu que ela visitasse Limerick mais vezes depois disso, então acho que esse plano doido no final das contas acabou funcionando.

De qualquer forma, isso tudo foi há séculos, e todo mundo conseguiu esquecer, menos minha mãe, que tem uma memória de elefante. Agora, nas férias de inverno, eu é que estou indo para Dublin passar seis dias maravilhosos com Alice.

Depois de um barulho horroroso de guincho, o trem começou a andar. De repente, Rosie abriu o maior berreiro. Esticou uma daquelas mãozinhas gorduchas em minha direção, com enormes lágrimas escorrendo pelo rosto. No início, achei que ela estivesse chorando porque ia ficar com saudade de mim, o que me deixou toda orgulhosa, mas, ao mesmo tempo, com pena. Depois, pensei com meus botões que ela provavelmente só estava com ciúmes porque eu ia andar de trem, e ela não.

— Não chore, Rosie — gritei pela janela. — Logo, logo estou de volta e vou trazer balas para você. Um montão. Todas só para você.

Mamãe balançou a cabeça mostrando que não tinha gostado nada daquilo e me lançou um de seus célebres olhares. Se pudesse, faria com que as balas fossem banidas da face da Terra. Imediatamente, Rosie ficou feliz. Parou de chorar e me deu um sorriso radiante.

— Bala pla Rosie — disse ela.

Eu ri. Normalmente Rosie é bem fofinha.

O trem estava se movendo um pouco mais depressa agora. Mamãe pegou Rosie no colo e foi acompanhando o veículo, dando passos largos do lado da minha janela. Queria que ela não fizesse aquilo. Que mico! Além do mais, era exatamente em momentos como este que Melissa, a garota mais malvada da minha turma, aparecia, como se eu já não me sentisse envergonhada o bastante.

O trem acelerou ainda mais. Mamãe estava quase correndo ali na plataforma, acenando loucamente. Quem visse a cena era capaz de achar que eu estava indo passar uns cem anos nos Estados Unidos e não uma semana em Dublin. Tadinha da Rosie. Ela parecia um pouco assustada ali, agarrada ao pescoço da mamãe, que a sacudia para cima e para baixo, com o rosto todo vermelho e suado, e os cabelos embaraçados, esvoaçando na cara depois que a fivela se soltou. Eu queria gritar e pedir para ela deixar de ser ridícula e, o que era pior ainda, parar de me fazer passar vergonha. Mas não pude fazer isso, não queria magoá-la. De repente, lembrei que Melissa tinha ido passar as férias em Lanzarote, então não tinha perigo de ela aparecer por ali e depois sair contando para todo mundo na escola outra história da minha mãe maluca. Depois de lembrar disso, não me senti mais tão mal.

Mamãe foi parando. Eu me debrucei na janela e vi que ela estava quase saindo da plataforma. Se quisesse continuar me acompanhando, logo teria que correr pelo trilho vazio ao lado do trem. E nem ela é *tão* maluca assim. Finalmente, parou de correr. Ficou parada, com a cara mais triste do mundo. O trem seguiu em frente, e ela e Rosie foram diminuindo até ficarem parecendo uma versão em miniatura delas próprias lá longe.

Dei tchau pela última vez e sentei na poltrona. Enfim, livre!

* * *

Eu mal podia acreditar que era verdade. Parecia que tinha sido ontem que me deixaram ir pela primeira vez sozinha na lojinha perto lá de casa. E só me deixaram ir à cidade depois de eu passar meia hora prometendo que ia ser boazinha. Agora, cá estava eu, sozinha num trem indo para Dublin. Senti vontade de me beliscar para ver se era verdade, mas me dei conta de que isso era o tipo de coisa que as crianças só fazem nos livros. Então, eu me segurei. Em vez disso, recostei no banco e sorri, até perceber que a senhora sentada à minha frente estava me olhando com uma cara engraçada. Parei de sorrir, e ela voltou a fazer seu tricô. Estava tricotando um pulôver com uma lã laranja brilhante horrorosa. Parecia que ia ficar duro e pinicando. E uma pobre criança teria que usar aquilo, pensei. Agora eu tinha dois motivos para estar feliz. Um: estava indo passar seis dias inteirinhos em Dublin com Alice; dois: a senhora do tricô não era minha avó.

Enfiei a mão no bolso do casaco e puxei o e-mail que Alice me mandou uns dias atrás. Eu já tinha lido aquela mensagem umas cem vezes, mas li de novo, bem devagarzinho, saboreando cada palavra.

Oi, Meg,

não consigo acreditar que logo, logo vou ver você. E por seis dias inteiros!!! Vamos nos divertir pra caramba. MUITO!!!!! MUITO mesmo!!!!! Eu já planejei tudo. Economizei um dinheirão e todos os dias vamos fazer alguma coisa especial. Vamos ao cinema pelo menos duas vezes. Vamos também à cidade para fazer as unhas em um lugar bem legal que eu conheço. E tem uma loja onde podemos fazer nossos próprios bichos de pelúcia. Vou fazer um coelhinho para o Jamie (você sabe como ele adora coelhinhos) e você poderia fazer um ursinho para a Rosie. Tem um lugar onde podemos tomar o chocolate quente mais gostoso do mundo, cheio de marshmallows. Uma delícia! É bem espumante, nada a ver com o que a gente faz em casa. Mamãe disse que podemos jogar Quasar na loja nova que é muito legal e não fica longe do nosso apartamento. Vamos nos divertir muuuuuuuito!

Beijos!

Al

Sorri de novo. Eu estava contente por Alice não ter nenhum plano mirabolante para essa viagem. A vida ficava bem mais complicada quando Alice acionava aquilo que eu chamava de "modo-planejamento-maluco". Eu só queria passar uns dias com ela. Alguns dias livre de verduras e legumes orgânicos, e dos esforços da mamãe pra salvar o mundo. Tudo que eu queria eram alguns dias de diversão.

Fechei os olhos e pensei nas coisas legais que Alice tinha planejado. Ela sempre tinha as melhores ideias do mundo. De repente, senti um formigamento misturado com entusiasmo. Essa viagem ia ser ótima. Eu tinha certeza.

Dobrei o e-mail e o coloquei de volta no bolso onde havia outro pedaço de papel. Dei um suspiro quando puxei o pedaço para fora. Era a folha que mamãe tinha enfiado na minha mão quando embarquei no trem. Eu a abri e suspirei de novo. O texto se parecia com os dez mandamentos, só que ali devia ter uns cem, com a letra toda certinha da mamãe cobrindo os dois lados de uma folha de papel enorme. Mamãe acredita em listas (quanto maior a lista, melhor), e dessa vez ela tinha caprichado!

Não fale com estranhos.

Não se esqueça de trocar de trem depois de Limerick.

Ajude nas tarefas domésticas.

Vista seu casaco quando for sair, pois ainda estamos em fevereiro.

Ponha as luvas e o cachecol. (Eu não poderia obedecer a essa regra, mesmo que quisesse, pois tinha tirado minhas luvas e meu cachecol da bolsa quando mamãe não estava olhando, e os escondi atrás do armário.)

Não coma muita besteira.

Se não tiver nenhuma comida saudável, compre frutas todos *os dias.*

Ligue para casa pelo menos *uma vez por dia.*

Não fique acordada até tarde.

Não vá a lugar algum sozinha.

Não saia depois das sete *da noite.*

As recomendações não acabavam mais. Era uma enorme lista de "faça isso" e "não faça aquilo" (ganhando em disparada o "não faça aquilo"). Parecia até que mamãe tinha entrado no trem e estava sentada ali do lado sacudindo o dedo para mim. Parei de ler e dei outro longo suspiro. Sabia que mamãe tinha boas intenções, mas, às vezes, ela passava um pouquinho dos limites. Ela precisava era tomar umas pílulas relaxantes.

Li rapidinho aquela lista até o fim só para ter certeza de que ela não havia escrito algo doido e maravilhoso como: “Escondi 100 euros no fundo da sua bolsa” ou “Contratei uma entrega diária de doces para a casa de Alice”. (Mas é claro que ela não tinha escrito nada disso.) Então rasguei o papel em pedacinhos pequenininhos e joguei todos eles no pequeno cinzeiro metálico que ficava ao lado do meu banco.

Conferi se a mulher sentada na minha frente não estava vendo e dei outro grande sorriso. Seis dias inteiros. Seis dias fazendo coisas legais com Alice. Seis longos e maravilhosos dias antes de ter que voltar para minha casa chata e para todas as minhas tarefas estúpidas e jantares com grãos de aspecto esquisito. Seis dias no paraíso!

Era bom demais para ser verdade, então me dei uma beliscadinha, só para ter certeza de que não estava sonhando.

Capítulo dois

Apesar de todas aquelas chatíssimas recomendações da mamãe, a viagem passou sem nenhum problema. Troquei de trem, não conversei com estranhos, me sentei virada para a frente para não enjoar, não encostei no tampo da privada quando fui ao banheiro, lavei minhas mãos com sabão e água quente, depois sequei na camisa para não ter que encostar na toalha suja. Estava um pouco culpada por ter rasgado o bilhete dela, por isso comi todos os palitos de cenoura, a pastinha de grão de bico e os biscoitos integrais que ela havia enfiado na minha mochila, e não comprei nenhuma porcaria do vagão-bar. Somando todas essas coisas, eu era a filha perfeita. Mamãe ficaria orgulhosa de mim. A viagem foi bem rápida, parecia até que não tinha passado tempo algum quando chegamos à estação de Dublin. Desci do trem e segui uma multidão de pessoas que me levariam até Alice, pelo menos era o que eu esperava que acontecesse. Depois de alguns minutos, cheguei a uma cancela metálica e parei. A multidão se dispersou, cada um indo para o seu lado. Então, fiquei com medo. Minha confiança sumiu tão depressa quanto as balas de gelatina dos aniversários de Rosie.

Olhei para todos os lados e tentei não entrar em pânico. Havia centenas de pessoas na estação, mas nenhuma delas era Alice.

O que aconteceria se ela não aparecesse?

E se ela tivesse esquecido que eu estava indo para lá?

Para onde eu iria?

O que eu faria?

Pela milionésima vez odiei mamãe por não me deixar ter um telefone celular. Por que ela sempre agia como se fosse uma mulher da idade da pedra?

Vi uma cabine telefônica no final da plataforma seguinte. Eu tinha alguns trocados no bolso, então, talvez devesse ir até lá ligar para alguém. Mas aí pensei: para quem eu ligaria?

Se ligasse para minha mãe e dissesse que estava sozinha em Dublin, ela teria um ataque. Ligaria para a polícia ou para os bombeiros e em dois segundos a estação estaria cercada por guardas, soldados e ambulâncias. Provavelmente eu ia parar no noticiário das seis, e todos os meus colegas de turma iam me ver. Alguém gravaria a reportagem para mostrar a Melissa quando ela voltasse de Lanzarote, e com isso minha vida estaria arruinada.

E Alice nunca lembrava de carregar o celular, então, não adiantaria nada ligar para ela.

Eu não sabia o número do telefone da casa dela.

Um homem com uma mala gigantesca e surrada passou apressadamente por mim, me empurrando para trás. Bati com toda força o cotovelo na cancela metálica. Doeu pra burro. Uma senhora me lançou um olhar gentil e parou por um momento como se fosse se aproximar, mas depois seguiu em frente. Todos passavam por mim ocupados com suas próprias vidas. Todos, a não ser eu, tinham um lugar para ir.

Por um segundo, desejei ter ficado em casa, onde tudo era familiar e seguro. Podia ter ido ao cinema com minhas amigas Grace e Louise, e, depois, Rosie e eu faríamos um bolo orgânico, sem açúcar. Eu era muito nova para estar sozinha naquele lugar enorme e assustador. Estava fazendo papel de boba, eu sei, mas comecei a sentir lágrimas se formando e embaçando meus olhos. Já estava pegando um dos lenços que mamãe tinha me obrigado a pôr no bolso do casaco quando ouvi um assobio altíssimo que fez todo mundo ali perto se virar. Sorri. Eu só conhecia uma pessoa que sabia assobiar desse jeito. Aí, escutei sua voz.

— Megan. Me-e-eg! Aqui, estou aqui!

Eu me virei e vi Alice correndo na minha direção, acenando e chamando. Enxuguei os olhos bem depressa na manga da camisa, peguei minha mochila e corri também em sua direção. Nunca tinha ficado tão feliz em vê-la. Na verdade, não lembro de ter ficado tão feliz em ver alguém em toda minha vida.

Tudo ia ficar bem agora. Aquelas férias perfeitas estavam prestes a começar. Alice me deu um abraço rápido e depois sussurrou:

— Estou tão feliz de você estar aqui... Aconteceu uma coisa horrível.

Parei de rir.

— O que foi? O que aconteceu? — perguntei.

— Sinto muito, não tenho tempo de contar agora — respondeu ela balançando a cabeça. — Mamãe está esperando lá fora e você sabe como ela é impaciente. Conto quando a gente chegar em casa, tá?

Não tinha outro jeito, eu sabia que não adiantava perguntar mais nada. Alice é a campeã mundial em não contar coisas que não quer. Ela me pegou pelo braço e me levou até o estacionamento. O carro chique da sua mãe estava parado bem ao lado de uma placa de "Proibido estacionar". Sorri comigo mesma. Minha mãe preferiria morrer a estacionar ali. Ela adora regras, e a mãe de Alice adora desobedecê-las. Não sei como essas duas conseguiram ter filhas que se tornaram melhores amiga.

Alice sentou no banco da frente, e eu, no de trás. Seu irmão, Jamie, estava do meu lado, sujando toda a carinha bochechuda de batatas chips. A sua volta, parecia que uma bomba de batatas tinha acabado de explodir deixando o banco todo sujo e com um cheiro desagradabilíssimo de queijo e cebola. Quando me estiquei para fechar a porta, Jamie chutou minha canela. Doeu muito, mas achei melhor não dizer nada na frente da mãe da Alice. Fiz uma careta para ele, e ele me mostrou a língua, deixando aparecer um monte de batata mastigada e gosmenta; um nojo!

Mas, de certa forma, eu estava até feliz por Jamie fazer aquelas barbaridades de sempre. Pelo menos, a coisa horrível de que Alice tinha falado não era tão horrível a ponto de fazê-lo mudar de comportamento. Eu me afastei dele o máximo que pude e botei o cinto de segurança.

Verônica, a mãe da Alice, virou-se para trás e deu aquele seu sorriso frio que sempre achei um pouco forçado. Às vezes eu ficava imaginando que ela devia treinar na frente do espelho. Devia ser um tipo de sorriso que não causava rugas. Minha mãe tem um monte de rugas em volta dos olhos. Talvez ela devesse aprender a sorrir desse jeito.

— Megan, que bom ver você — disse Verônica. — Tenho certeza de que vocês duas vão se divertir bastante juntas.

Verônica não parecia se importar com isso de verdade. Virou-se para a frente e começou a limpar um pouco de batom que tinha ficado em seus dentes com a ponta de um lenço. Agora eu estava realmente confusa. Se algo terrível tinha acontecido mesmo, por que todo mundo estava agindo tão naturalmente, a não ser Alice?

Minha amiga se virou e me deu um sorrisinho, o que fez com que eu me sentisse um pouco melhor. Talvez as coisas não estivessem tão ruins assim. Provavelmente Alice só estava sendo dramática demais como de costume. Ela é bem boa nisso.

Verônica arrancou em direção à estrada. Ouvimos um barulho estridente de freios. Foi um táxi que deu uma freada brusca depois de quase bater em nós. O motorista botou a cabeça para fora da janela e fez um gesto feio com a mão. Estava prestes a soltar um palavrão quando Verônica baixou o vidro:

— Sinto muitíssimo. Eu não o vi — desculpou-se ela.

Pude ver pelo retrovisor que ela sorriu do jeito mais doce do mundo.

— Sem problemas, dona. Pode ir em frente — respondeu o taxista, todo penalizado.

Verônica acelerou, ignorando Alice, que estava fingindo vomitar dentro da linda bolsa branca de couro dela.

Então, Alice se irritou.

— Mãe, isso é coisa de mulherzinha. Você não deveria usar sua aparência para se safar das confusões que arranja dirigindo feito uma louca — soltou ela.

— Não fiz nada de errado — retrucou Verônica, rindo. — Ele é que deveria ter sido mais cuidadoso. De qualquer forma, se sou bonita, qual o problema de usar isso? Você, que é inteligente, não pretende usar sua inteligência?

Alice suspirou.

— Isso é beeeeem diferente. Eu...

Verônica a ignorou e começou a falar de mim.

— E Megan, que é boa em... bem, sei que ela é boa em alguma coisa e vai usar isso para se dar bem na vida, não vai, Megan?

Eu não sabia o que responder. Alice e a mãe estavam sempre brigando, e eu odiava quando me metiam no meio dessas discussões. Alice era minha amiga, e eu tinha que ficar do lado dela, mas se eu irritasse Verônica, isso poderia atrapalhar nossas férias.

Jamie acabou me salvando.

— Sou bom num monte de coisas, não sou, mamãe?

Verônica se virou sorrindo para ele.

— É, sim, meu amor, você é bom em várias coisas.

Ele sorriu também, dizendo:

— Sou bom em dar arrotos. O melhor da minha turma. Quer ver? — E soltou um enorme, alto e comprido. O cheiro de queijo e cebola ficou ainda mais forte. Fiquei até com vontade de vomitar. Alice deu um risinho.

Verônica balançou a cabeça, irritada.

— Isso não é algo de que se deva ter orgulho, Jamie. Você é bom em várias outras coisas, que são legais.

Ele sorriu de orelha a orelha.

— Sou mesmo. Sei fazer voz de marginal. Sou quase tão bom nisso quanto o Dylan. E sou muito melhor que o Connor. Posso fazer pra vocês verem?

Verônica se virou e lançou um olhar de fúria para ele. Depois, teve que virar o volante bruscamente. Só deu tempo de ver um muro enorme passando por nós. Ela desviou bem a tempo. O carro que vinha atrás de nós buzinou alto.

Suspirei. Ficar com os O'Rourke era sem dúvida uma emoção atrás da outra.

Capítulo três

Em pouco tempo estávamos no apartamento da Alice. Jamie foi direto para a frente da TV e Verônica seguiu para a cozinha. Alice me levou para o quarto e fechou a porta.

Sentei na cama e puxei uma almofada roxa e felpuda para o meu colo. Alice sempre tem montes delas na cama. (Minha mãe diz que almofadas são parques de diversões para ácaros e poeira, e não me deixa ter nenhuma.) Fiquei brincando com as franjas de seda da almofada enquanto esperava Alice falar. Estava doida para saber o que estava acontecendo, mas com Alice é sempre bom fingir não estar muito curiosa.

— Minha mãe está namorando — disse ela, depois de um tempinho.

Ao ouvir aquilo, abri a boca, mas não consegui dizer uma palavra sequer. O que eu poderia dizer sobre isso? Uma mãe namorando era algo muito estranho. Irmãs mais velhas, babás e cantoras famosas têm namorados. Mães não. Eu não conseguia imaginar minha mãe com um namorado. Não conseguia imaginá-la com ninguém que não fosse meu pai. Simplesmente não parecia certo. Mas Alice devia pensar isso também antes de seus pais se separarem. Por um instante, fiquei feliz por minha mãe ser tão desleixada. Certamente não conseguiria arrumar um namorado, mesmo que quisesse. Alice estava na minha frente de braços cruzados e parecia irritada.

— Você não me ouviu, Meg? A minha mãe tá namorando.

Eu ainda não sabia o que dizer. Não tinha muita experiência nesse tipo de coisa.

— Ah... ééé... hummm... bem... quero dizer... sinto muito. Sinto muito mesmo — murmurei.

Isso era a coisa certa a se dizer? Provavelmente não. Não parecia bastar, e Alice fez uma cara de quem não estava muito satisfeita. Quebrei a cabeça para bolar umas perguntas sensíveis. Depois de alguns segundos, elas saíram como um jorro da minha boca.

— Como você sabe? Ela quem te contou? Quem é ele? Você já o conheceu? Como ele é? É gente boa?

Alice fez que não com a cabeça, mas eu não soube para que pergunta era aquela resposta. Ela parecia muito nervosa e triste. Dei umas batidinhas na cama daquele jeito que mamãe faz às vezes com Rosie. Alice obedientemente se sentou a meu lado. Então eu pedi, com uma voz bem mansinha:

— Conte tudo.

Pelo menos, se ela falasse, eu não precisaria pensar em mais nada para dizer.

Alice tomou fôlego.

— Tá. Bem, como eu disse, mamãe está namorando. Ela não me contou pra valer ainda, mas eu sei que está.

Por um instante, eu me senti um pouco melhor. A imaginação fértil de Alice era conhecidíssima. Talvez aquilo não fosse verdade.

— Então como você ficou sabendo dessa história? — perguntei.

Ela respondeu com um sorrisinho triste.

— Qualquer idiota perceberia. Ele liga pra ela toda noite. Sempre às sete da noite, quando está começando "Os Simpsons". Já faz séculos que vem acontecendo. Na primeira vez, fui eu que atendi. Era uma voz de homem. Agora mamãe corre para o telefone antes que Jamie ou eu possamos atender. Aí, fica com uma vozinha tímida e ofegante, arrumando o cabelo e leva o telefone para o quarto para não escutarmos o que está dizendo.

Isso não parecia nada bom mesmo.

— Talvez seja só um amigo — tentei ser o mais normal que pude.

Ela balançou a cabeça.

— Duvido. Ela não tem amigos homens. E de qualquer forma, que amigo liga toda noite?

— Não tem muito problema alguém fixar ligando tem? — tentei novamente.

Ela deu de ombros.

— Vai saber... De qualquer forma, não são só as ligações. Acho que ela se encontra com ele durante o dia aproveitando que Jamie e eu não estamos em casa. Quando chego da escola, ela está sempre com suas melhores roupas.

Tentei não rir daquilo. Para mim parecia que Verônica estava sempre com suas melhores roupas. Sempre ia ao supermercado toda arrumada e, uma vez, quando ainda éramos vizinhas, eu a vi levando o lixo para fora de casa com um vestido longo cheio de lantejoulas na parte da frente.

Alice viu minha cara.

— Não, Meg, é verdade. São as melhores roupas mesmo. E ela ainda tem comprado coisas novas. E está usando um perfume especial todo dia. Além disso, quando falo com ela, é como se não ouvisse nada.

Até aí, nenhuma diferença também. Verônica nunca tinha sido uma mãe muito atenta. Alice notou minha expressão de novo. Ela é muito esperta, não precisa de palavras para entender o que estamos pensando.

— Eu quis dizer que ela está prestando muito menos atenção que de costume. É como se estivesse vivendo em outro planeta. A cabeça dela está sempre em outro lugar. Fica com um ar todo sonhador. Pensa nele o tempo todo. Sei disso. E usa um caderno de couro todo chique para fazer uma espécie de diário. Aposto que registra todos os encontros deles ali.

Fiquei me perguntando por que Alice não procurava o diário e lia. Isso não era certo, mas ela tinha uma boa justificativa: faria aquilo pelo bem da família. Alice conseguia achar justificativas para tudo se quisesse.

— Procurei a meleca do diário por dias — prosseguiu ela —, mas quando o encontrei, vi que estava com cadeado, e não consegui achar a chave.

— E o seu pai? — tomei coragem e perguntei.

Alice deu de ombros.

— Meu pai? Mamãe não quer mais saber dele, quer? E sei que eles não vão voltar. Sei que acabou para sempre, mas pense numa coisa: e se ela resolver se casar de novo? Imagine se eu tiver que viver com o novo marido. Não quero um padrasto. Tenho um pai, e isso basta. Seria terrível. Seria...

Ela parou de falar, e achei que fosse chorar. Aí, fiquei com ódio da Verônica. Ela tinha estragado a vida de Alice e Jamie. E até a minha havia mudado para sempre quando ela decidiu arrastar metade da família para Dublin. Que diabos eu poderia dizer para melhorar a situação? Nossa vida era tão mais simples quando os pais da minha melhor amiga viviam juntos e fingiam ser felizes...

Tirei o casaco. Nessa hora, um papel caiu do bolso. Eu o peguei. Era o e-mail da Alice. De repente fiquei irritada. Por que ela não tinha falado do namorado da Verônica no e-mail? Por que só falou de coisas divertidas? Eu era sua amiga. Por que ela não tinha me contado a verdade?

Passei o papel para Alice. Ela o desdobrou devagarzinho e ficou olhando para ele um tempão. Depois se virou para mim, franzindo as sobrancelhas de um jeito engraçado. Mas não disse nada.

— Por quê? — perguntei. — Por que você não me disse nada por e-mail? Por que fingiu que estava tudo normal quando não estava?

— Eu estava com medo.

Não acreditei naquilo. Alice é a menina mais corajosa que conheço. Nunca tem medo de nada.

— Com medo de quê? — quis saber.

Seus olhos se encheram de lágrimas.

— Sei que você odeia brigas e coisas assim. Tive medo de que não viesse se eu contasse.

Não consegui responder a isso. Talvez fosse verdade. Fiquei meio envergonhada, apesar de não ter feito nada de errado.

Então, de repente, Alice mudou completamente de humor e deu o maior sorriso. Aquele era um sorriso que eu conhecia muito bem. Era um sorriso que me deixava muito, muito nervosa. Prendi a respiração e esperei. Ela pulou da cama.

— De qualquer forma, estou tão feliz por você estar aqui, Meg. Tudo vai ficar bem agora que você chegou. Essa é a hora certa.

Fiquei ainda mais nervosa que antes. Puxei as franjas das almofadas com tanta força, que cheguei a arrancar um pedacinho. Escondi no bolso, rezando para que Alice não tivesse notado.

— O que você quis dizer com isso?

— Você pode me ajudar — respondeu ela, sorrindo novamente.

— Ajudar a fazer o quê? — retruquei, mal conseguindo pronunciar as palavras.

Então ela respondeu calmamente como se estivesse me pedindo para ajudar a arrumar o quarto ou a fazer o dever de casa de matemática.

— A descobrir quem é o namorado da mamãe.

Consegui dar um pequeno suspiro de alívio. Isso não era tão ruim assim. Na verdade, era quase inofensivo. Poderia até ser divertido.

Mas Alice prosseguiu.

— E depois que tivermos descoberto quem ele é, podemos nos livrar dele.

Tenho quase certeza de que ouvi um baque surdo quando meu coração despencou e foi parar do lado das solas azul-bebê dos meus tênis novinhos.

Capítulo quatro

Às vezes, mamãe diz que deixo Alice abusar de mim. (Bem, na verdade ela não diz isso só às vezes, diz mais ou menos umas duas vezes por semana.) Sei o que ela quer dizer, mas não é exatamente verdade. Alice não abusa de mim, só é muito, muito boa em me persuadir a fazer o que ela quer.

Passado um tempinho, quando Verônica estava terminando de fazer o chá, Alice me chamou de novo para o quarto para me contar a primeira parte do plano. Como sempre, fez tudo parecer bem simples.

— Não se preocupe, Megan. Você fica com a parte fácil.

— Ha-ha-ha! Seus planos nunca têm partes fáceis. Eles são divididos em partes difíceis e partes muito, muito difíceis mesmo!

Alice riu.

— É sério, Meg, dessa vez sua parte é realmente fácil, juro. Você só tem que levar a mamãe para a cozinha por volta de cinco para as sete e fazer com que fique lá enquanto vou me esconder no armário do quarto dela.

Suspirei. Ano passado Alice ficou boa parte do feriado do Dia das Bruxas escondida debaixo da minha cama e agora estava planejando se esconder no armário da mãe. Que obsessão por ficar escondida! Isso é porque não deve ter brincado muito de pique-esconde quando era menor.

— O telefone vai tocar às sete da noite, como sempre — prosseguiu Alice —, e quando a mamãe for para o quarto vou poder escutar tudo o que ela disser. Aí, quando ela sair, você a distrai novamente e eu fujo. Não poderia ser mais simples, viu?

Suspirei mais uma vez. Era verdade. Parecia fácil. Mas por que eu ainda estava nervosa?

Talvez eu seja muito medrosa. Ou então sou mais sensível que Alice.

Mais uma vez me perguntei por que tinha concordado em participar daquela ideia maluca. Sempre tive um pouco de medo da Verônica, e não queria mesmo ter nenhum problema com ela. Especialmente agora que estava na casa dela e não podia voltar correndo para Limerick se as coisas ficassem muito feias. Se desse errado, eu ia ter que dormir aquela noite ali, com Verônica zangada, e, no dia seguinte, ela ainda ia estar zangada. Eu não poderia fugir.

Além disso, só queria ficar com Alice e me divertir. Queria fazer todas as coisas legais que ela prometera para mim no e-mail.

Talvez se eu desse para trás agora, me recusando a ajudar, desistiria desse plano estúpido e a gente ia poder curtir nossas férias.

Mas como eu podia ser tão egoísta? Aquele não era um problema meu. Era da Alice. E fiquei bem assustada ao ver como ela estava triste. Estava totalmente diferente da menina feliz e engraçada que eu conhecia. Eu precisava ajudar. Se quisesse ser uma boa amiga, eu realmente não tinha escolha.

Mas, ainda assim, sabia que alguma coisa ia dar errado, tinha certeza. Só não conseguia imaginar exatamente o que seria.

Decidi que precisava de mais informação.

— O que vou fazer? — perguntei. — Como eu vou distrair a sua mãe?

Alice deu de ombros.

— Sei lá. Por que não quebra alguma coisa? Ah, já sei! Tem um vaso roxo que mamãe adora no peitoril da janela da cozinha. Ela vai ficar furiosa se você o quebrar, e aí eu vou ter bastante tempo para entrar de fininho no quarto dela.

Era a cara de Alice pensar em algo assim bem dramático.

Fiz que não com a cabeça.

— De jeito nenhum. Eu sou a Megan, você se lembra disso? Não sou chegada a extremos. E se sua mãe vai ficar furiosa, não quero que seja por minha causa. Tem alguma outra ideia brilhante?

Alice deu de ombros novamente.

— Não. Sinto muito. De qualquer forma, você vai se sentir participando mais do plano se tiver a ideia sozinha.

Não respondi. Será que Alice não percebia que eu não queria mesmo ter nada a ver com aquele plano?

— Vamos lá, Meg, você é inteligente. Vai pensar em algo, não se preocupe. Vai dar tudo certo. E de qualquer forma, se algo der errado, eu assumo a culpa. Direi que você não teve nadica de nada a ver com isso.

Ela ficou com esse papo por um tempo, e acabei prometendo fazer o que ela pediu. Como sempre, eu me perguntei por que tinha me dado ao trabalho de discutir com ela no início se eu sempre cedia.

O lanche da noite ia ser perfeito: pizza de pepperoni, batatas chips, Coca-Cola e sorvete boiando em calda de chocolate; tudo banido das listas de compras da minha casa. Mas nem consegui saborear direito a comida, porque tinha muita coisa passando pela minha cabeça. Verônica estava bem engraçada.

Contou que, da primeira vez que comprou pizza, não percebeu que estava crua e pôs ela gelada mesmo na mesa para a família comer.

Jamie estava totalmente antipático, bebendo e arrotando alto, chutando as pernas da mesa, e provavelmente teria chutado as minhas também, se eu não tivesse sido cuidadosa o bastante para me manter fora do seu alcance. Minha canela ainda estava dolorida pelo último chute.

Alice foi bem fofa e repetiu diversas vezes que estava muito feliz por eu estar lá; depois ficou dizendo como iríamos nos divertir nos próximos dias.

Mas não consegui prestar atenção em nada. Só conseguia pensar no que ia acontecer depois do lanche quando o telefone tocasse. Olhava com medo para o relógio que parecia se aproximar cada vez mais rápido das sete horas. Quando acabamos de comer, Alice e eu ajudamos Verônica a arrumar as coisas. Não tinha muito o que fazer. É interessante... comer porcaria quase não dá trabalho. Ter muito menos louça para lavar deve ser bom para o meio ambiente. Resolvi dizer isso a mamãe assim que chegasse em casa.

Quando estávamos quase terminando a arrumação, Verônica se virou para Jamie e fez um carinho em seu rosto.

— E você, meu docinho? Vai ajudar a mamãe essa noite?

Jamie fez uma careta e gritou:

— Não! Isso é problema seu, sua cabeça de cocô.

Não acreditei no que tinha acabado de ouvir. Se eu dissesse isso para minha mãe ficaria de castigo por mil anos. Verônica, no entanto, nem se abalou. Só fez um cafuné no filho e sorriu.

— Amanhã, então, fofinho. Por que não vai ver um pouco de televisão? — Ele sorriu de orelha a orelha e correu para a sala de TV. Verônica fechou a porta cuidadosamente e disse: — O bichinho só está cansado.

— Ele está uma peste nos últimos tempos, e a mamãe não faz nada — sussurrou Alice. — Deixa ele fazer tudo o que quer. Jamie está virando a criança mais insuportável do mundo.

Não tive como discordar dela. Já estava me perguntando se seria capaz de aguentá-lo pelos próximos seis dias. Minha irmã Rosie não era nenhum anjo, mas era perfeita se comparada a Jamie. E ela só tinha 3 anos, ou seja, era mais nova que Jamie dois anos inteirinhos.

Minutos mais tarde, Alice me cutucou e apontou para o relógio da cozinha. Não precisava olhar, mas olhei assim mesmo. Eram quase cinco para as sete. Minha hora de entrar em cena com a suposta parte simples do grande plano da Alice. Por um momento, pensei em não fazer nada. Eu poderia mudar de ideia, e não me envolver. Mas acabei achando que isso seria de uma crueldade danada. Afinal de contas, Alice era uma menina agora filha de pais separados, como eu poderia deixar de ajudar?

Eu estava guardando as últimas xícaras, quando o ponteiro grande do relógio foi se aproximando cada vez mais do número 12. De repente, pus a mão no olho e soltei um gemido. Alice deu uma risadinha que felizmente Verônica não ouviu. Ela veio na minha direção.

— O que foi, Megan? Você se machucou? — perguntou.

Continuei tapando o olho e fiz que sim com a cabeça.

— Meu olho! Acho que entrou alguma coisa nele.

Ela chegou mais perto.

— Tire a mão dele para que eu possa ver — disse, irritada.

Obedeci, e Verônica mirou bem dentro do meu olho com aqueles seus olhos azuis com tonalidade de gelo. Nunca tinha estado tão perto dela e não posso dizer que estava gostando daquilo. Verônica estava cheia de rímel. E isso a deixava meio assustadora.

— Não estou vendo nada. Venha para a claridade para eu ver melhor.

Enquanto eu caminhava em direção à luz, percebi que Alice já não estava mais na cozinha. Verônica olhou de novo bem dentro do meu olho.

— Ainda não estou vendo nada. Alice, me arranje um lenço.

Ah, não! E agora? Se Alice tivesse que sair do quarto, o plano ia por água abaixo.

Dei um passo para trás e pisquei várias vezes.

— Na verdade, Verônica, acho que já está bom. Seja lá o que foi, já deve ter saído. De qualquer forma, obrigada.

Ela ficou me olhando com uma cara engraçada e perguntou:

— Cadê a Alice? Ela...

O telefone tocou bem na hora. Fiquei tão feliz comigo mesma por ter distraído Verônica tão bem que me deu um acesso de coragem.

— Quer que eu atenda para você, Verônica? — perguntei com a voz mais doce do mundo.

Ela passou por mim a toda para pegar o telefone.

— Não precisa, querida. Eu mesma atendo.

Tirou o fone do gancho e falou com aquela voz que minha mãe usa quando atende estranhos.

— Alô. Residência dos O'Rourke. Verônica falando.

Cheguei a ouvir uma voz masculina e grave.

— Verônica, tudo bem? Você...

Então, ela passou por mim batida, foi para o quarto e fechou a porta com força.

Capítulo cinco

Pareceu a ligação mais longa da história da humanidade. Fiquei na cozinha vendo os minutos passarem beeeeeem devagar. Depois de mais ou menos meia hora, fui pé ante pé até o quarto da Verônica e fiquei ouvindo com atenção, pronta para sair correndo se a porta se abrisse. Ela estava falando tão baixinho que não dava para entender as palavras, mas, mesmo atrás da porta, deu para notar seu tom de voz. Era exatamente como Alice tinha dito, toda melosa e doce, como se quisesse impressionar alguém.

Pensei na Alice, escondida no armário, escutando o que a mãe dizia. Devia estar sendo horrível. Mas para mim não era melhor. Eu sabia que tudo ia acabar mal, com muito chororô; tinha absoluta certeza disso.

De repente, senti algo em minhas costas. Dei um pulo e soltei um gritinho estridente. Era Jamie me cutucando com aquele dedo sujo.

— O que tá fazendo aqui, Megan? — perguntou ele.

Ai, não! Não ia adiantar nada ter ajudado Alice a entrar no quarto da Verônica, se me pegassem escutando escondida atrás da porta, ia?

Então, eu me ajoelhei e fingi que estava procurando algo no grosso tapete branco.

— Deixei cair dez centavos. Pode me ajudar a procurar?

Ele abanou a cabeça.

— Claro que não. Você que ache, sua boboca.

Depois de dizer isso, ele voltou para a sala de televisão e bateu a porta.

Suspirei aliviada, me levantei e fui para o quarto da Alice para evitar mais problemas.

Séculos mais tarde, ouvi a porta do quarto da Verônica se abrindo. Saí também e a encontrei no corredor. Ela estava com um sorriso engraçado no rosto, que desapareceu assim que me viu.

— Ah, Megan. Você está aí. Onde Alice foi parar? Está no quarto dela?

Engoli em seco. Será que ela acreditaria se eu dissesse que Alice tinha ido a uma loja ou algo assim? E se eu fingisse que não sabia onde Alice estava? Não, isso seria ridículo, já que o apartamento era minúsculo. E é claro que Verônica não cairia de novo na história do cisco no olho. Será que eu ia ter mesmo que quebrar o precioso vaso? Que diabos! Onde Jamie estava? Por que ele não aparecia para me salvar com um de seus célebres acessos de raiva?

Verônica cruzou os braços e olhou para mim como se eu fosse uma completa idiota. Sempre achei que ela não gostava de mim, mas desde o Dia das Bruxas, quando Alice passou três dias escondida na minha casa, Verônica me tratava como se eu fosse algum tipo de doença contagiosa a ser evitada a qualquer preço.

— E aí?

Engoli novamente em seco e tentei não olhar para a porta do quarto dela tão pertinho de nós que não teria como Alice sair dali sem ser vista.

— E-e-e-e-ela essss... tááá... Quero dizer... Na verdade, ela...

Eu estava com a maior dificuldade de falar e sabia disso. Parei e pensei seriamente. *Tenho que distraí-la. Mas como?*

Resolvi me virar e ir para o quarto da Alice. Verônica me seguiu. Ela é o tipo de pessoa de quem a gente tem medo mesmo sem ter feito nada de errado. Se o apartamento não fosse num andar tão alto, ficaria tentada a pular pela janela do quarto e fugir. Abri a boca novamente e, dessa vez, as palavras meio que saíram sozinhas.

— Verônica, não estou conseguindo abrir minha mochila. O zíper emperrou. Você pode me ajudar, por favor? — Enquanto falava, peguei a mochila que estava no chão e a empurrei para ela.

Verônica descruzou os braços e pegou a mochila. Aquele zíper emperrava sempre mesmo, mas claro que só para contrariar ele deslizou facilmente. Vi, por trás de Verônica, a porta do quarto dela se abrindo e Alice saindo de mansinho, se encaminhando para a cozinha. Verônica me passou a mochila, me olhando de um jeito ainda mais assustador que antes.

— Aqui está. Não foi tão difícil. E agora, pode me dar um minuto da sua atenção e me dizer para onde minha filha foi? — Sua voz estava gélida.

Dei o meu sorriso mais doce antes de responder.

— Claro, Verônica. Ela está ali, na cozinha, se não me engano.

Verônica me lançou um olhar maligno e se virou para ir até lá. Seu salto deixou uma marca funda no tapete da Alice. Fui me sentar na cama. Peguei a almofada roxa e a apertei. Estava ali há poucas horas e já tinha passado um tempão agarrada à almofada. Isso não era um bom sinal. Tive vontade de chorar. Estava tão arrependida de ter vindo para Dublin... Verônica estava sendo má e antipática, Alice não pensava em mais nada além de sua trama e seus planos, e Jamie, como era de se esperar, continuava a peste de sempre.

Tudo estava indo de mal a pior e, ao que parecia, não tinha a menor chance de melhorar. E todas as coisas divertidas que Alice tinha me prometido? Agora eu tinha certeza de que a semana pela qual eu esperei ansiosa ia ser um desastre. Isso não era justo. Eu poderia perfeitamente ter ficado em casa. Pelo menos lá não teria esperado nenhuma diversão, e portanto não estaria tão decepcionada.

Assim que as primeiras lágrimas surgiram nos meus olhos, Alice entrou correndo, bateu a porta e se jogou na cama ao meu lado. Estava muito agitada e totalmente sem fôlego.

— Eu tinha razão. Eu sabia. Eu tinha certeza. Como ela pôde fazer isso com a gente?

Fingi que ia espirrar e usei um lenço para enxugar os olhos. Nem devia ter me dado esse trabalho. Alice estava tão preocupada consigo mesma que nunca notaria minhas lágrimas.

— Norman. O nome dele é Norman. Que nome ridículo! E minha mãe ficou repetindo. Era "Norman isso", "Norman aquilo" ou "Você tem toda razão, Norman". Achei que fosse vomitar naquele armário. Ia ser bem feito. Vômito fedido em cima de todos os seus sapatinhos Prada.

— Alguma chance de ser só um amigo? — perguntei timidamente, mas certa de já saber a resposta.

— De jeito nenhum. Ela estava toda doce e simpática. Muito simpática para ser só um amigo.

— O que ela estava dizendo?

Alice pensou por um instante.

— Bem, não foram só aquelas baboseiras românticas. Não teve barulho de beijos nojentos ou coisas desse tipo. Eles devem deixar isso para quando se encontram pessoalmente. Mamãe só falou uns troços assim: "Fiz exatamente como você disse" e "Não importa o quanto eu tente, nada parece funcionar". E ficou dizendo que Jamie está muito atrevido.

— Bem, isso é verdade, não é? — Não tive como controlar, as palavras saíram sem querer da minha boca.

Alice deu um pulo da cama e bateu o pé no chão.

— É. Ele é uma peste mesmo, mas não quero que minha mãe fique dizendo isso para estranhos. Isso é assunto da nossa família. E Norman não faz parte dela. *Nunca* vai fazer. De jeito nenhum!

— Mas — tentei novamente —, se não houve coisas românticas, talvez esteja tudo bem.

Não acreditei nisso por um instante sequer, eu só queria acalmar Alice. Ela estava com o rosto quente e vermelho e os olhos brilhando tanto que pareciam faiscar.

Ela abanou a cabeça toda tristonha.

— O fim foi a pior parte. Minha mãe ficou quieta um tempão, e eu quase consegui ouvir a voz dele, mas não claramente o bastante para saber o que estava dizendo. Ela só ficava fazendo que sim com a cabeça e mexendo no cabelo enquanto ele falava. Até que ela deu um leve suspiro e disse: "Obrigada, Norman. Sabe, suas ligações significam tanto para mim... É o que me ajuda a conseguir passar a noite."

Soltei um gritinho horrorizada. Queria não ter feito aquilo, mas também não precisava me importar, Alice não tinha notado mesmo. E continuou me contando o que ela ouviu.

— E então ela disse: "Mal posso esperar para ver você novamente. Amanhã. Às onze. No lugar de sempre."

Alice se sentou de novo na cama e pôs as mãos na cabeça. Continuou falando, mas agora sua voz saía bem abafada.

— O lugar de sempre. Se eles têm um lugar de sempre, deve ser sério mesmo. Ah, Megan, o que eu faço, hein?

Dei uns tapinhas no seu ombro e não disse nada. Mais uma vez, fiquei com vontade de chorar porque sabia exatamente o que ela ia fazer.

E sabia também que, apesar de todas as minhas boas intenções, eu ia acabar ajudando.

Capítulo seis

Na manhã seguinte, exatamente como eu temia, Alice e eu estávamos escondidas perto de uma longa fila de lixeiras que ficava junto à entrada do prédio. O cheiro de comida podre e fraldas sujas era horroroso. Parecíamos duas criminosas de um filme de espionagem bem ruim. Ou personagens daquela série de livros com cinco crianças, só que três das cinco deviam ter tido o bom-senso de ficar em casa, na cama. Estava fazendo um frio de rachar, e fiquei feliz por ter obedecido à minha mãe e vestido meu casaco mais quente. Estávamos ali fora há séculos porque Alice insistiu para que saíssemos cedo para o caso de sua mãe ir a algum outro lugar antes do encontro amoroso.

Alice contou à mãe que íamos passar o dia com uma de suas amigas de escola. Verônica só deu de ombros e disse: "Então, tenham um bom dia, meninas. Vejo vocês mais tarde." Minha mãe teria feito questão de ligar para os pais da amiga e se certificar de que estava tudo certo. Podia ser uma chatice, mas eu achava que minha mãe tinha razão. A mãe da Alice não dava bola para o que ela fazia ou deixava de fazer.

Mais dez minutos se passaram muito, muito devagar. Meus pés estavam dormentes, e minhas mãos ficaram vermelhas e doloridas. Minha respiração fazia grandes nuvens de vapor no ar frio e fedorento.

Tentei argumentar novamente.

— Al, de verdade, acho que essa ideia não é muito boa. Sua mãe vai nos ver assim que sair e vamos ficar encrencadíssimas.

Alice balançou a cabeça de forma determinada.

— Ela não vai nos ver porque tomaremos cuidado.

— E se ela for de carro? O que vamos fazer? Sair correndo atrás dela pela rua a 60 quilômetros por hora? Até que sou bem rápida, mas não para isso. Ou você acha que um táxi vai aparecer do nada, e nós vamos pular dentro dele, gritando "Siga aquele carro!", e o motorista vai concordar, dizendo "Essas crianças de hoje..." e vai acelerar e sair cantando pneu?

Alice nem riu da minha piada.

— Muito engraçado, não é? Eu já disse que minha mãe raramente sai de carro. Vai a pé a quase todos os lugares.

Eu estava irritada e com frio, e resolvi argumentar mais do que o normal.

— Mas e se ela se encontrar com esse cara a quilômetros de distância? E se o "lugar de sempre" deles for do outro lado da cidade? Nesse caso, ela vai ter que ir de carro. E o que vamos fazer se for assim?

Alice pensou por um momento e me lançou um sorriso radiante, que me deu aquele bolo bem no fundo do estômago. Eu sabia a resposta antes mesmo que ela conseguisse pronunciar as palavras.

— Se isso acontecer, vamos chamar o dia de hoje de teste e amanhã nos esconderemos na mala do carro antes que ela se arrume para sair.

De repente, senti ainda mais frio e rezei para que, quando Verônica finalmente aparecesse, não estivesse balançando as chaves do carro.

O portão do prédio abriu e fechou umas mil vezes. Vimos milhões de pessoas entrando e saindo, mas nem sinal de Verônica.

— Talvez ela não vá mais — disse eu, depois do que pareceu outra hora inteirinha. — Talvez o antipático do Norman tenha ligado e cancelado o encontro. Talvez ela tenha decidido dar um bolo nele. Talvez ela tenha tido o bom-senso de terminar tudo. *Ou talvez ele tenha tido o bom-senso de terminar*, pensei, mas, é claro, não disse nada.

Alice nem olhou para mim.

— Não, ela já deve estar vindo. Tenho certeza. Ainda tem muito tempo.

Olhei meu relógio. Ainda eram dez e meia. Infelizmente, Alice tinha razão. Ainda tinha muito, muito tempo. Eu me perguntava se era possível morrer de frio em Dublin em fevereiro. Como queria que minhas luvas e meu cachecol não estivessem escondidos na parte de trás de meu armário lá em casa. Como eu queria estar com outro par de tênis e talvez até com um gorro de lã maneiro. Outro par de meias por cima das que eu estava usando também seria ótimo.

Eu me virei para Alice.

— Você não está com frio? — perguntei.

— Não — respondeu ela, balançando —, estou bem.

Ela estava mentindo. Vi que sua boca parecia roxa e as pontas de seus dedos estavam brancas. Fiquei me perguntando se aquilo não era um princípio de hipotermia. Alice era muito cabeça dura, mas duvidava que estivesse preparada a sacrificar alguns dedos só para descobrir quem era o namorado da mãe! Isso tudo era muita loucura. Eu *tinha* que fazê-la ver as coisas mais racionalmente.

Fiz uma voz bem persuasiva.

— Vamos lá, Al. Esqueça isso. Eu trouxe minha bolsa. Vamos dar um pulo na cidade. Podemos ir àquele lugar de que você falou no e-mail. E que tal um chocolate quente com marshmallows? Depois podemos pegar um cineminha. Vamos, é um presente meu.

Alice me encarou bem de perto.

— Tá tudo bem.

Soltei um enorme suspiro de alívio, e a nuvem de vapor que saiu da minha boca quase encobriu Alice. Eu realmente não esperava que ela fosse ceder tão facilmente. Deve ter sido por causa do chocolate quente. Ou talvez dos marshmallows. Alice ama marshmallows. Diz até que sabe distinguir o sabor dos brancos dos cor-de-rosa.

Então, ela continuou.

— Se você quer chocolate quente com uma pilha grande e grossa de marshmallows, vá tomar. Aproveite e vá ao cinema também. Não me importo. Pode fazer o que quiser. Eu vou ficar aqui, pois tenho um trabalho a fazer e não pretendo ir embora até terminá-lo.

Chocolate quente e cinema não seriam tão divertidos se eu estivesse sozinha. E, além disso, Alice parecia tão triste... Estava toda perdida, confusa e solitária. Eu não podia abandoná-la.

E então, por um segundo, pensei como eu me sentiria se estivesse no lugar dela. Como seria se minha mãe de repente resolvesse nos levar para longe do papai e de todos os meus amigos? Como me sentiria se ela começasse a se encontrar com um namorado secreto?

E, mesmo achando muito pouco provável que aquilo viesse algum dia a acontecer, eu sabia que Alice não seria tão medrosa e cautelosa como eu. Ela faria tudo o que pudesse para me ajudar. Não desistiria até tudo voltar a ficar bem.

Balancei a cabeça.

— Não, Al, esqueça o que eu disse. Se você vai ficar, eu fico também.

Então ela ficou mais tranquila.

— Sério, Meg. Tudo bem. Isso é problema meu. Eu nunca deveria ter pedido que você se envolvesse nisso. Fui muito injusta. Pode ir, se quiser. Dou todas as coordenadas para você chegar lá. Digo que ônibus tem que pegar e o que mais quiser saber. Vou seguir minha mãe e ver o que ela vai fazer, depois posso ir encontrar você. Tá tudo bem. Sério mesmo.

Eu sabia que ela estava pensando isso de verdade. Também sabia que ela ficaria ali, atrás daquelas lixeiras fedorentas, até virar um bloco de pedra de gelo ou qualquer outra coisa. Podia até acabar perdendo todos os dedos das mãos e dos pés e a ponta do nariz como o pobre sujeito que eu tinha visto no Discovery Channel alguns dias atrás. Às vezes, Alice era muito dura consigo mesma.

Chocolate quente teria sido legal. Fiquei imaginando meus dedos em volta de uma enorme caneca quente, e meu nariz inalando aquele cheirinho doce e encorpado. Cheguei a sentir o sabor dos marshmallows derretendo na minha língua. Mas Alice era minha amiga e precisava de mim.

Dei uns pulinhos ali mesmo, soprei as mãos dormentes e tentei sorrir.

— Quem precisa de chocolate quente num clima agradável desses?

Alice sorriu também com aqueles lábios roxos e ficamos esperando mais um pouco.

Capítulo sete

Por volta das quinze para as onze, o portão abriu mais uma vez. Alice me cutucou e apontou. Em seguida, sussurrou no meu ouvido.

— Veja, eles estão vindo. Prepare-se.

Aquela respiração quentinha na minha orelha foi tão agradável que quase esqueci de ficar com medo do que íamos fazer dali a pouco.

Verônica e Jamie vinham se aproximando vagarosamente em nossa direção. Alice agarrou minha manga e me empurrou para que ficássemos bem atrás das lixeiras. O cheiro estava ainda pior ali, e senti alguma coisa macia e escorregadia debaixo do meu pé. Tive medo de olhar no que eu tinha pisado. Com certeza era alguma coisa muito nojenta. Fiquei me perguntando por que não nos escondemos num canteiro bonitinho.

Dava para ouvir Jamie resmungando, cada vez mais próximo de nós.

— Não quero ir para a creche. Quero ficar em casa, vendo televisão. Odeio a creche.

Depois, ouvi Verônica toda suave, gentil e doce.

— Vai ser divertido, Jamie. Você vai brincar com um monte de amiguinhos legais. Vai comer uns biscoitos gostosos. Quem sabe não tem de chocolate hoje? Você não adora biscoito de chocolate?

— Não quero ir. Não quero ir. *Não quero ir.*

A cada vez que ele dizia isso, seu tom de voz era mais alto e mais zangado.

Agora, estavam muito, muito perto. Chegávamos a ouvir o barulhinho dos saltos de Verônica. Fiquei com medo até de respirar, mesmo sabendo que os resmungos de Jamie certamente abafariam qualquer som que eu fosse capaz de fazer. Então, eu me espremi, ficando ainda mais perto de uma lixeira imunda. Tinha um troço marrom horrível escorrendo dela. Tentei não imaginar o que seria aquilo. Por uma frestinha, vi Jamie e Verônica passarem por nós. Ele não parava de reclamar, e Verônica o puxava pelo braço.

Então, para meu horror absoluto, Verônica passou pelos portões do estacionamento e foi para o carro. Pegou as chaves na bolsa e abriu a porta do motorista.

Alice olhou para mim com uma cara de desafio. Eu sabia o que ela estava pensando. Já devia estar bolando como íamos nos esconder na mala do carro na manhã seguinte. Comecei a passar mal só de pensar nisso. Fechei os olhos e fiquei esperando o som do motor.

Mas o que ouvi foi a voz esganiçada de Verônica.

— Pronto, Jamie, já peguei o guarda-chuva. Não teremos problema se chover. Vamos, querido.

Soltei a respiração que eu nem sabia que estava prendendo e olhei para Alice. Ela tentava fazer cara de quem parecia calma e serena, nem aí para o que tinha acontecido, mas eu sabia que ela também estava aliviada.

Espiei. Verônica e Jamie já tinham saído do estacionamento e estavam chegando na esquina.

— Rápido — sussurrei. — Vamos logo para não perder os dois de vista.

Agora eu estava entrando no jogo e não queria que nada desse errado, até porque, se esse plano não funcionasse, Alice com certeza ia surgir com uma ideia ainda mais maluca no dia seguinte.

Minha amiga deu de ombros e saiu bem devagarzinho de trás de sua lixeira, limpando o casaco.

— Tudo bem, sem pressa. Eles vão passar na creche do Jamie primeiro, que sei perfeitamente onde fica, então não precisamos sair correndo agora.

Também não precisamos correr riscos bobos. Essa é a parte fácil.

Então, fomos tranquilamente pela rua e, enquanto caminhávamos, fiquei pensando comigo mesma se a vida de toda garota era tão complicada quanto a minha. E eu é que tinha deixado ela ficar assim...

Depois de uns cinco minutos chegamos à creche de Jamie. Não havia nem sinal dele ou de Verônica. Parte de mim desejou que ela já tivesse ido embora. Com certeza o plano de Alice iria fracassar, então talvez fosse melhor que fracassasse de uma vez.

— Acho que a perdemos — afirmei, tentando não parecer muito satisfeita.

Alice nem respondeu. Agarrou meu braço e me arrastou para trás de umas árvores que ficavam bem em frente à rua da creche. Parecia de propósito: não havia lixeiras dessa vez, mas Alice tinha escolhido um lugar bem fedorento para ficarmos, cheio de cocô de cachorro. Não era justo. Os personagens de seriados policiais nunca faziam esse tipo de coisa. Tentei encontrar um trechinho de chão limpo para ficar enquanto esperávamos... mais uma vez.

Mas logo, logo a porta da creche se abriu e Verônica apareceu. Remexeu na bolsa, tirou os óculos escuros e os ajeitou cuidadosamente no alto da cabeça. Depois, arrumou o cabelo, retocou o batom e continuou andando.

Alice se virou para mim e começou a sussurrar.

— Agora, Megan, temos que ter calma. Se ficarmos muito perto, ela é capaz de nos ver. Se ficarmos muito longe, podemos perdê-la de vista. O melhor a fazer é mantermos uma distância de uns 50 metros. Sacou?

Tive vontade de rir. O que Alice sabia sobre seguir alguém? Quando tinha se tornado especialista nesse assunto? Como eu, tudo o que ela sabia sobre isso devia ter aprendido nos seriados de TV, e eles não são exatamente um modelo a ser seguido.

De qualquer forma, aquela não era a hora e nem o lugar para começar uma discussão, então resolvi ficar quieta e ir atrás dela. Uma mulher com um carrinho de bebê nos lançou um olhar estranho, mas Alice sorriu para ela.

— Estamos só fazendo uma pesquisa para um projeto de ciências da escola — começou ela. — É sobre cocô de cachorro urbano.

A mulher nos lançou um olhar ainda mais estranho e se afastou depressa.

Olhei para o relógio. Passava de dez para as onze. Verônica não parecia estar com pressa, o que significava que seu local de encontro secreto devia ser por perto. Fomos atrás dela, tentando não levantar suspeita.

Então, quando tudo parecia estar indo bem, Verônica se virou repentinamente e entrou em uma loja de doces. Alice e eu paramos e fingimos que estávamos olhando a vitrine de uma loja de vídeos que ficava um pouco atrás.

— E agora? — perguntei meio desesperada. — Não acredito que ela vá se encontrar com o amor de sua vida numa loja de doces.

De repente, tive uma ideia.

— E se ela estiver saindo com o dono da loja de doces? Se sua mãe se casar com ele, você vai ter doces de graça a vida toda, Al. Vai comer barras de Mars no café da manhã e de Crunch na hora do chá. Isso é que é sorte!

Alice me olhou irritada.

— Ha-ha-ha! Estou morrendo de rir. Muito engraçado, Megan. Não, aposto que isso é só para despistar. Só precisamos esperar ela sair.

— Mas e se ela sair pela porta dos fundos e a perdermos?

Alice me lançou um olhar de desprezo.

— E por que ela faria isso? Por acaso sabe que a estamos seguindo?

Balancei a cabeça. Como sempre, Alice estava certa.

— Seja como for, tomara que ela não demore muito. Meus pés já estavam começando a descongelar. É tão bom sentir de novo os dedos dos pés... estava com saudade deles.

Alice sorriu para mim.

— É, estava com saudade dos meus também. E obrigada, Meg. Obrigada por ficar comigo.

Dei de ombros.

— Sem problemas.

Eu nunca conseguia ficar com raiva da Alice por muito tempo.

— Olhe, aí vem ela — disse Alice, tocando no meu braço.

Verônica apareceu de novo, e nos escondemos atrás de um poste. Com certeza ela teria nos visto se olhasse em nossa direção, já que éramos duas garotas de 12 anos de tamanho normal e estávamos tentando nos esconder atrás de um único poste de tamanho médio. Por sorte, Verônica não olhou nem de rabo de olho em nossa direção. Estava ocupadíssima desembrulhando um chiclete.

— Humph! — grunhiu Alice, irritada. — Vejam só! Ela não me deixa mascar chiclete, dizendo que não fica bem para uma mocinha. Mas agora está aí, feliz da vida, mascando chiclete.

— Talvez ela precise disso. Talvez tenha mau hálito ou algo do gênero. — Assim que acabei de dizer isso, tive a certeza de que não devia ter dito.

— É — disse Alice, bem séria —, ela precisa de um hálito fresco e perfumado para beijar o namorado metido a besta, não é?

Tive vontade de morrer por não ter fechado a minha boca.

— Vamos lá, Al. Esqueça isso. Vamos continuar seguindo sua mãe antes de tirarmos outras conclusões, tá?

Alice concordou e recomeçamos nossa lenta caçada.

Um pouco depois, chegamos a outra rua cheia de lojas. Verônica, que ainda estava uns 50 metros à nossa frente, arrumou o cabelo novamente. Apesar de ainda estar um frio de rachar, ela desabotoou o casaco, se ajeitou toda e começou a caminhar como as modelos de passarela. Então, pude perceber que nos aproximávamos do ponto de encontro.

Verônica tirou um lenço de papel do bolso, pôs o chiclete mastigado dentro dele e o jogou numa lixeira. Olhou as horas, ajeitou os cabelos mais uma vez e entrou numa lanchonete bem normalzinha.

Então era isso. Este era "o lugar de sempre" e o encontro secreto de Verônica ia começar.

De repente, parei de sentir frio. Estava agora só muito, muito enjoada.

Capítulo oito

Alice pegou meu braço e fomos caminhando devagar pela calçada em direção à lanchonete. Não era nada sofisticada, tinha uma cara bem comum. O letreiro cinza sobre a porta estava meio apagado. Na janela, vi um longo filete de cocô de passarinho. Se eu tivesse de marcar um encontro especial, nunca escolheria um lugar como esse.

Alice deu mais uns passos à frente para ter uma boa visão do interior da lanchonete. E eu me encolhi atrás dela, pois não fazia a menor questão de saber o que estava acontecendo lá dentro. Mas sabia que ela ia me contar de qualquer jeito. Alice me daria cada detalhe do que visse.

— Já a vi — sussurrou ela. — Está na fila.

Desejei com todas as minhas forças que Verônica se comportasse como uma mãe normal. Só dessa vez. Desejei que ela tomasse sozinha com toda calma uma bela xícara de café e depois fosse para casa passar roupa ou algo assim. Aí, Alice e eu poderíamos esquecer toda essa besteira de espionagem e curtir o dia.

Mas era pouco provável que isso acontecesse. Alice caminhou um pouco mais para a frente, narrando o tempo todo o que via.

— Ela está quase no caixa agora. E...

— E o quê? — perguntei, esquecendo que não era para parecer interessada.

A voz de Alice nitidamente murchou.

— E está levando duas xícaras.

Depois de ouvir isso, nem perdi mais meu tempo torcendo para que Verônica estivesse com muita sede e precisasse de duas xícaras de café ou que só fosse se encontrar com uma amiga para um bate-papo agradável. Sabia que a coisa era séria.

Cheguei ainda mais perto da Alice e perguntei:

— Dá para ver as mesas? Consegue ver algum homem sentado sozinho?

— Acho que não — disse ela se inclinando para a frente. — A maioria é mulher. O lugar está infestado de donas de casa. É o paraíso delas.

Não tive nem tempo de rir antes de a Alice continuar:

— Ah, não! Tem um homem ali — exclamou ela.

Não estava mais conseguindo segurar a vontade de olhar.

— Sozinho?

Ela fez que sim com a cabeça.

— Até agora. Mas minha mãe ainda está na fila. Talvez ele a esteja esperando. Mas não. Ele não poderia... quero dizer, ela não poderia... ele está...

— O que foi?

— Olhe, Meg. Olhe o cara que está sentado ali perto da planta.

Eu me estiquei toda para olhar. Então, vi claramente.

Aquele com certeza não era o Norman.

Não, aquele não poderia ser o futuro padrasto da Alice.

Ou poderia?

O sujeito era alto, pálido e magricela. Só tinha um longo tufo de cabelo penteado para o lado no alto da cabeça — talvez achasse que ninguém fosse perceber que, além daquela coisa oleosa com cara de barbante, o topo da sua cabeça era completamente careca. Usava um terno cinza reluzente e tênis sujos. E estava comendo um donut gigantesco, que deixava sua boca toda suja daquele creme gosmento. Fiquei observando e o vi pegar um lenço, assoar o nariz e, depois, com o mesmo lenço, limpar a boca. Tentei não esboçar qualquer reação. Olhei para Alice. No começo ela estava pálida, agora, no entanto, sua pele tinha assumido um tom de branco amarelado bem parecido com a cor do queijo fedorento que minha mãe compra aos sábados no mercado.

Alice sussurrou.

— Minha mãe não teria coragem... ela...

Eu sabia que ela estava certa. Verônica jamais se apaixonaria por um sujeito como aquele. Sem dúvida ele não fazia o seu tipo. Ela era preocupada demais com roupas, aparência e tudo ligado a isso. Nunca sairia com alguém que não se veste bem ou que não sabe usar um lenço direito.

Ainda se fosse a minha mãe... ela, sim, poderia se interessar por alguém desse jeito se achasse que o cara era gente boa ou tinha opiniões ambientais interessantes. Mas Verônica? Nunquinha.

Abri um sorrisão para Alice.

— Não se preocupe, Al. Nem mesmo nos seus piores pesadelos ela estaria namorando esse sujeito.

— É, acho que você tem razão — disse ela, também sorrindo.

Justo quando eu já estava começando a soltar um suspiro de alívio, Alice agarrou meu braço de novo. E doeu. Que coisa! Por que ela ficava agarrando meu braço? Será que não se tocava que tinha os dedos fortes demais? Minha sensação era de que antes mesmo do fim do dia meu braço ia estar preto e azulado.

— Olhe, Meg. Aposto que é aquele ali. Ele faz bem o tipo da minha mãe.

Alice estava sussurrando de novo. Apontava para um homem de pé na beira da calçada, bem em frente à rua em que estávamos. Esse era moço. Mais jovem que Verônica com certeza. Estava com um casaco e uma calça bem maneiros, e carregava uma elegante pasta de couro. Tinha um pouco de gel na parte da frente do cabelo, o que não o fazia se parecer com um desses adolescentes bobos. Era só o suficiente para deixá-lo com um ar descolado.

Quando o trânsito acalmou, o homem atravessou a rua e passou perto de nós. Alice e eu baixamos a cabeça e fingimos estar interessadíssimas nas rachaduras da calçada. No entanto, ficamos de olho nos pés dele à medida que iam se afastando. Eram pés bem bonitos, na verdade, nem grandes nem pequenos demais. E ele estava com um sapato azul superbacana. Mantendo a cabeça baixada, observei os sapatos se dirigirem para a lanchonete. Uns segundinhos depois, senti um cheiro de loção pós-barba que parecia ser das mais caras. Eu não tinha muita experiência nesse tipo de coisa, mas minha sensação era de que aquele cheiro era mesmo de alguém que está indo para um encontro especial.

— Você acha que é ele?

Alice suspirou.

— Só tem um jeito de descobrir. — Então, assim do nada, ela gritou: — Norman!

O homem se virou e, nesse exato instante, Alice me agarrou e me arrastou para uma entrada.

— É ele mesmo — disse.

Esfreguei meu braço e espiei lá da esquina. Norman olhava à sua volta, provavelmente se perguntando quem o estaria chamando naquela rua tão vazia. Como não viu ninguém, deu de ombros e entrou na lanchonete.

Alice ficou escondida na entrada com uma expressão de total irritação. Mas eu tinha que olhar. Tinha que saber. Inclinei um pouco o corpo para a frente e observei o homem dentro da lanchonete, olhando para todos os lados. Se isso fosse uma peça de teatro, eu teria achado divertidíssimo gritar: *Ela está bem aí atrás de você*. O problema é que não era uma peça de teatro e eu sabia que aquilo tudo não teria um final feliz.

Agora Verônica estava sentada ao lado da janela. De onde estava, eu tinha uma visão perfeita. Ela pôs o casaco dobrado cuidadosamente sobre uma cadeira a seu lado. Mexia o tempo todo no colar e, com os dedos da outra mão, tamborilava na mesa. Ela não costumava fazer esse tipo de coisa, afinal, era péssimo para suas unhas postiças. Devia estar muito nervosa.

Então ela levantou os olhos e viu Norman. Arrumou o cabelo mais uma vez, sorriu e acenou. Norman foi até ela. Verônica meio que se levantou e esticou o braço para ele. Norman pegou a mão dela entre as suas, como os homens fazem na televisão quando estão tentando parecer bem sinceros. Ela lhe deu outro sorriso, como se fosse a mulher mais feliz da face da Terra. Ele estava de costas para mim, por isso não pude ver se estava sorrindo também. Devia estar. Dei uma olhada para Alice, que ainda examinava as rachaduras da calçada. A esta altura ela podia até fazer uma cópia perfeita delas para a aula de educação artística. De qualquer forma, talvez fosse melhor ela não ver o que estava acontecendo. Olhei novamente para o interior da lanchonete. Norman ainda segurava a mão de Verônica. Com certeza foi o aperto de mão mais demorado da história. E, então, aconteceu o desastre. Norman se inclinou para a frente e beijou Verônica no rosto.

Tive vontade de me sentar na calçada dura e fria, cheia de rachaduras, e chorar até que um rio das minhas lágrimas me levasse para beeeeeeem longe daquele lugar horrível.

Capítulo nove

Claro que eu não queria contar a Alice exatamente o que tinha visto. Ela precisou me convencer a falar. Isso levou mais ou menos 22 segundos. Tempo recorde, mesmo para Alice.

Ouviu atentamente, não gritou, não berrou, não bateu o pé, nem fez nada desse tipo. Também não ameaçou ir lá correndo perguntar a Norman que negócio era esse de beijar sua mãe. Ficou quieta, o que me assustou de verdade. Se tivesse ficado irritada ou emburrada, eu entenderia, mas vê-la quieta era bem estranho e eu não sabia como lidar com ela assim.

Voltamos devagar para casa. Alice foi direto para o quarto, se deitou e ficou olhando para o teto. Fui para a cozinha fazer um chocolate quente. Mexi, mexi, mas não consegui deixá-lo espumante como os das lanchonetes. Pus um montão de marshmallows cor-de-rosa. Então vasculhei os armários até achar biscoito de chocolate. Preparei a bandeja mais bonita do mundo. Sabe lá se isso ia ajudar, mas eu não conseguia pensar em nenhuma outra coisa a fazer.

Levei tudo para o quarto da Alice. Ela agradeceu e pôs o chocolate quente no chão sem tomá-lo. Não pegou nem um mísero biscoito, o que me fez ver que as coisas estavam mesmo muito ruins. Alice é vidrada em biscoito de chocolate do mesmo jeito que minha mãe é vidrada em mingau orgânico.

Alice ficou deitada, olhando mais um pouquinho para o teto. Fiquei tomando umas goladas do chocolate e me perguntando o que estaria fazendo se estivesse em casa. Certamente não estaria tomando chocolate quente e comendo biscoito, mas eu tinha uma ligeira impressão de que lá estaria melhor. Aliás, qualquer coisa seria melhor que isso. Eu queria ajudar Alice, fazer tudo melhorar, mas não sabia como. Quando nem os biscoitos de chocolate surtiam efeito, eu ficava completamente sem ideias.

Eu odiava esse climão sério. Tudo o que queria era me divertir um pouco com minha melhor amiga. Era pedir muito?

Depois de séculos Alice, enfim, disse alguma coisa, com uma voz baixa e rouca, quase como se tivesse esquecido como se fala. Talvez tivesse esquecido mesmo; nunca a vi calada por tanto tempo.

— Tem certeza de que ele a beijou mesmo?

— Tenho, tenho certeza — respondi com um suspiro. — Mas ele não chegou perto da boca, juro. Foi só na bochecha.

A voz da Alice estava ficando mais forte.

— E daí?

— Talvez seja só um amigo. Hoje, é comum amigos se beijarem quando se encontram. É o que os adultos fazem. Aposto que eles são só amigos.

Eu não acreditava naquilo, claro, e me perguntei pela centésima vez por que tinha contado sobre aquele beijo estúpido. Deve ter sido por causa do choque.

Alice me ignorou.

— Só queria saber quanto tempo vai levar até ela nos falar dele. Eu me pergunto quando vai trazê-lo aqui em casa. — Em seguida, ela acrescentou, imitando a voz da mãe. — "Crianças, quero que conheçam Norman, um amigo muito especial."

Alice se virou de bruços e socou o travesseiro.

— Ela não pode fazer isso. Não pode! Não vou deixar isso acontecer de jeito *nenhum*.

Eu não ficava muito à vontade com esse tipo de conversa. Por que Alice não podia aceitar que coisas ruins aconteciam? Por que sempre achava que podia mudar as coisas?

Resolvi usar um tom bem suave.

— Talvez não seja tão ruim. Talvez você se acostume. Outras crianças se acostumam.

Alice se sentou e olhou para mim.

— Bem, eu não sou "outras crianças". Nunca vou me acostumar com isso. Nunca vou gostar dele. Nunca vou falar com ele. E *não* vou deixar que ele entre aqui e saia bagunçando a minha família. Vou...

De repente, ela parou de falar.

Olhei para ela atentamente e perguntei:

— Vai o quê? — perguntei.

Ela sorriu, mas não respondeu.

— Vamos, Al, me conte. O que vai fazer?

Essa era mais uma pergunta para a qual eu não queria saber a resposta.

Alice sorriu de novo.

— Acabei de ter uma ideia. Agora sei exatamente o que vou fazer.

— O quê?

Ela deu um sorriso maior ainda.

— Serei bem esquisita, bem horrível e tão, mas tão exigente que Norman não vai querer mais nada com a minha mãe. Vou enxotá-lo para fora de nossas vidas definitivamente.

Ai, não! Isso era tudo o que eu podia imaginar de pior. Eu sabia que essa história ia acabar se tornando extremamente desagradável... Queria ajudar Alice, mas desse jeito não ia funcionar nunca. Só o que ela ia conseguir era arranjar um monte de problemas. Eu tinha que encontrar uma forma de detê-la antes que as coisas ficassem ainda mais feias.

— Mas sua mãe não é burra. Ela vai perceber o que você está fazendo. E não vai deixar você se safar fácil assim. Ela é capaz de matar você.

Eu não estava brincando. Já tinha visto Verônica irritada por causa de uma unha quebrada. Então, não queria nem imaginar como ela ficaria brava com essa atitude de Alice.

Alice deu de ombros e disse bem calmamente.

— Ela pode ficar um pouquinho irritada no começo.

— Um pouquinho?! — exclamei, quase sem fôlego.

Alice fez cara feia.

— Ok, talvez ela fique muito irritada, mas vai me agradecer depois de um tempo. Vou fazer um favor a ela. Minha mãe só não vai perceber isso logo de cara.

Alice se abaixou e pegou o chocolate quente que estava no chão. A esta altura já devia ser batizado de chocolate frio, mas ela não pareceu ligar para isso. Tomou tudo de um gole só. Depois, limpou a boca, cruzou os braços e disse:

— Amanhã. Vou começar amanhã mesmo. Agora, o que você acha que devemos fazer primeiro?

* * *

Vinte minutos depois Alice e eu estávamos sentadas no chão da sala, em cima de um livrão de medicina. Era o livro mais nojento que eu já tinha visto. Com fotos simplesmente horrorosas, fotos que deviam ser proibidas para menores de 18 anos. Com certeza não eram adequadas para pessoas com olhos sensíveis.

Já tínhamos descartado catapora, caxumba e impetigo. Essas doenças teriam impressionado, mas seriam meio difíceis de fingir.

Eu já estava sem a menor paciência, e algumas das fotos me deixaram enjoada. Sabia que ia acabar tendo pesadelos aquela noite; talvez sonhasse com cascas de ferida crescendo por todo meu corpo. Peguei o livro e o folheei bem depressa. Então, voltei à página sobre apendicite e apontei para Alice enquanto ainda aguentava.

— Veja, é essa aqui.

Ela tomou o livro das minhas mãos e leu.

— Hummm. Não é muito original, não acha?

Tive vontade de bater nela. Alice tem sorte de eu não ser uma garota agressiva.

— Não tem que ser original, Al. Você não está participando de uma competição de redação criativa. Não queremos originalidade. Queremos algo chato, mas convincente.

— É, talvez você tenha razão — disse ela, dando de ombros. — Vamos ver o que preciso fazer?

Ela passou o indicador pela lista de sintomas.

— Dor do lado inferior direito do abdome, perda do apetite, náusea e hálito ruim. É, acho que consigo providenciar isso tudo.

Ela fechou o livro e o pôs na prateleira.

— Então tá. Amanhã de manhã, entre nove e dez horas, terei um sério ataque de apendicite.

Eu ainda não estava feliz com o plano. Só tinha sugerido apendicite para impedir que Alice escolhesse algo ainda mais drástico. Se eu não interferisse, ela teria fingido uma perna quebrada ou algo assim. Podia ser até pior, ela era capaz de quebrar mesmo a perna. Quando está determinada, Alice não sabe mesmo quando parar.

— Al, não sei se isso é uma boa. Mesmo que sua mãe caia nessa história, o que acha que vai acontecer depois?

— Ela não vai poder ir encontrar o Norman.

— E daí? Que diferença isso faz? É só ela ligar dizendo que não vai porque você está doente e combinar de encontrar com ele no dia seguinte. Grande coisa perder um dia. Isso dificilmente vai afastá-lo a ponto de ele querer ir embora, vai? Ou você planeja fingir apendicite toda manhã pelo resto da sua vida?

— Claro que não, bobona. É que Norman não parece ter filhos. É muito certinho para ser pai. Quero mostrar que filho é algo muito chato. Crianças sempre atrapalham os planos dos adultos. É nisso que somos melhores. Norman vai sacar logo. E aí, ele larga a minha mãe e arruma uma namorada legal e sem filhos. Ele é bonito, não precisa ficar com minha mãe, Jamie e eu.

Suspirei. Sabia que aquilo não seria tão simples como Alice esperava que fosse. Nunca era.

— Tá bem. Então você fica doente de mentirinha, e sua mãe cancela o encontro de amanhã. Depois, o que acontece?

Alice sorriu radiante.

— Ah, ainda não bolei nada. Mas vai ser algo horrível, pode ter certeza.

O embrulho no estômago que senti naquele momento não era nem um pouco de mentirinha.

Capítulo dez

Naquela noite, como eu temia, tive pesadelos com a enciclopédia médica e acordei várias vezes. Numa hora, sonhei que um dos meus olhos estava roxo e esbugalhado, parecendo uma bola de basquete. Eu devia estar aos prantos, porque Alice jogou uma das almofadas em mim, o que me arrancou daquele sonho. Mas não adiantou muito, porque, quando voltei a pegar no sono, o pesadelo estava lá quietinho me esperando. A noite toda foi assim, até que Alice esgotou seu estoque de almofadas. E eu dormi um sono agitado, passando de um pesadelo a outro até que amanheceu.

Depois disso tudo, acordei um lixo. Fiquei deitada ali no quarto da Alice de olhos fechados. Como eu queria ter um dia normal pela frente, com um passeio pela cidade ou uma ida ao cinema. Até mesmo arrumar o apartamento seria melhor que pôr em prática o plano da Alice.

Mas quem sabe ela não tinha tomado juízo durante a noite e chegado à conclusão de que seu plano não ia funcionar? Talvez minhas férias de verdade fossem finalmente começar.

Sem chance!

— Levante, Meg. Vamos, temos um plano para pôr em prática, lembra? — Alice me tirou dos meus devaneios.

Como eu poderia ter esquecido?

Nem perdi meu tempo discutindo. Simplesmente me vesti e fui atrás da Alice até a cozinha. Verônica e Jamie estavam sentados à mesa. Peguei um pouco de sucrilhos. Nem olhei para a embalagem para ver de que sabor era. Qualquer coisa que não fosse mingau estava ótimo para mim. Alice se sentou ao meu lado. Não comeu nada, e percebi que ela estava tentando parecer doente. Mas Verônica nem notou. Estava ocupada demais com o mimado do Jamie.

— Quero açúcar.

— Mas querido, já tem açúcar nos sucrilhos. Olhe, vem escrito na embalagem.

— Eu *quero açúcar.*

— Está bem, amor. Vou pôr um pouco.

Ela jogou uma colher na tigela dele.

— Quero *mais*...

— Mas querido...

— *Quero mais açúcar, sua bobalhona!*

Verônica fez um carinho na mão dele:

— Está bem, querido. Vou pôr mais um pouco já que você é um menino muito bonzinho.

Putz!!! De que planeta ela era? Quando é que Jamie tinha sido um menino muito bonzinho?

Alice fez uma careta para mim e eu fiz outra para ela. Quando eles ainda moravam em Limerick, Jamie já era um chato, mas agora estava insuportável.

Alice deu um suspiro bem alto e exagerado, mesmo assim Verônica não notou. Estava muito ocupada, tentando impedir Jamie de pôr outra colher de açúcar na tigela.

Minha amiga então resolveu apelar para algo mais teatral. Aí, Verônica levantou os olhos.

— Que diabos foi esse barulho horrível? — quis saber ela.

Alice se inclinou para a frente e pôs as mãos na barriga.

— Sou eu, mãe. Estou passando mal.

Verônica estalou a língua com cara de impaciente; se levantou e deu a volta na mesa, vindo em nossa direção. Jamie aproveitou a oportunidade. Meteu a mão dentro do pote de açúcar, pegou um punhado e tentou colocá-lo na boca. Sujou tudo: roupa, mesa, chão e ficou ali olhando surpreso para a mão vazia. Então pegou a colher molhada de leite com que estava comendo os sucrilhos e a enfiou no pote. Em segundos meteu na boca três colheronas de açúcar. Minha mãe diz que açúcar dá vermes. Se estiver certa, logo, logo Jamie vai poder fazer uma criação de vermes bem gigante. Verônica pôs a mão na testa de Alice e constatou:

— Você não está quente.

Alice gemeu novamente. Achei que aquilo estava muito exagerado, mas Verônica não parecia notar.

— Está com dor em algum lugar?

Alice fez que sim com a cabeça.

— Estou... bem aqui, olha. — E pôs a mão no lado esquerdo da barriga. Ela nunca tinha sido muito boa com essa coisa de direita e esquerda. Felizmente Verônica desviou o olhar um instante, e pude balançar a cabeça mostrando a Alice que era do outro lado. Deu tempo certinho de ela passar a mão para a direita.

Verônica sorriu para ela.

— Talvez você só esteja com prisão de ventre — surgeriu ela.

Eca! Decididamente eu não queria participar dessa conversa.

Alice balançou a cabeça meio rápido demais para alguém que deveria estar doente.

— Não, mãe. Não é isso. É uma dor muito, muito, muuuuito ruim.

Enquanto falava, ela se inclinou para a frente e fez direitinho o papel de alguém que ia cair duro. Nesse exato instante, Verônica viu o que Jamie estava fazendo.

— Jamie, pare com isso, por favor — pediu ela, extremamente irritada. Jamie a ignorou solenemente, claro. A essa altura, o pote de açúcar estava quase vazio, então, a bronca não ia adiantar de nada mesmo.

Verônica se virou para Alice e acariciou seu braço.

— Alice, minha querida, por que não vai se deitar um pouquinho?

Alice concordou e saiu da cozinha, pegando uma cabeça de alho ao sair.

Eu a segui.

— Para quê diabos você pegou esse alho?

— Presta atenção, Megan. Não se lembra que o livro dizia que quem tem apendicite fica com mau hálito? E não tem nada melhor que alho para isso, tem?

Eu não achava que fosse isso exatamente o que o livro queria dizer com mau hálito, mas não estava disposta a discutir. Estava muito, mas muito cansada mesmo.

Alice se sentou na cama e descascou dois enormes dentes de alho com as unhas. Então os jogou na boca e fez a cara mais horrível do mundo ao engolir. Depois se inclinou em minha direção e soprou no meu rosto.

— E aí, já está bem ruim?

Dei um salto para trás.

— Eeeeeca! Está pavoroso! Um verdadeiro nojo.

Ela jogou as cascas do alho debaixo da cama, pulou nela, puxou as cobertas e começou a treinar a cara de doente. Eu me sentei no almofadão, e ficamos esperando. Esperando. Esperando. Lá de fora, vinha o barulho da briga interminável, dos acessos de raiva de Jamie, e das palavras de consolo de Verônica. Ouvi algo se espatifando no chão da cozinha, certamente o pote de açúcar. Muito, muito tempo depois, Verônica enfiou a cabeça pelo vão da porta do quarto. Estava maquiada e com o cabelo todo arrumado.

— Como está se sentindo agora, querida?

Alice apertou ainda mais a barriga.

— Ahhh, estou pior, mãe. Muito pior.

Verônica entrou e se sentou na cama.

— Nossa! Que cheiro é este? Você está com um mau hálito terrível.

Ela se virou um segundinho, só o tempo de Alice me mostrar o polegar indicando que estava dando tudo certo. Não tive coragem de fazer o mesmo.

Verônica se inclinou na direção dela novamente.

— Você está cheirando a alho. Mas por que cargas d'água está com este cheiro? Não comemos nada com alho essa semana.

Alice deu de ombros.

— Não sei, mãe. Talvez tenha a ver com essa coisa que estou sentindo. Que doença dá mau hálito?

Verônica fez um cafuné nela.

— Como vou saber? Não sou médica, querida. De qualquer forma, tenho que sair daqui a pouco. Tenho umas coisinhas para fazer na rua. Você vai ficar bem aqui com Megan, não vai?

Dessa vez, Alice balançou a cabeça loucamente.

— Não, mãe, não me deixe. A dor está muito forte. Não saia, por favor. Não me deixe aqui.

Então ela agarrou uma das mãos da mãe e a apertou com força.

Verônica pareceu intrigada.

— Isso apareceu tão de repente...

— É, mãe, eu sei — disse Alice, tossindo —, mas...

Ela parou e pôs a mão novamente na barriga, gemendo mais alto. Eu sabia que ela estava fingindo, mas, mesmo assim, era muito, muito convincente. Alice sempre foi a melhor atriz da nossa turma.

Verônica se levantou.

— Então só vou deixar Jamie na creche. Estarei de volta em alguns minutos.

Já esperávamos por isso. Alice achava que, se Verônica fosse deixar Jamie na creche, ela teria tempo de encontrar Norman antes de voltar, nem que fosse por uns poucos minutos. Mas, para o plano funcionar, eles não podiam se encontrar de jeito nenhum. Norman precisava pensar que Verônica era totalmente ligada aos filhos e não tinha como dar umas escapadinhas de vez em quando.

Alice se contorceu na cama e gemeu ainda mais alto. Fiquei me perguntando se a parede era bem grossa ou se logo, logo os vizinhos começariam a reclamar. Então, ela ergueu a cabeça. Estava com o cabelo todo na cara e resmungou com uma voz bem manhosa.

— Por favor, mãe, por favor, não vá. Eu imploro, não me deixe. Fique aqui comigo. Por favor, mãe, fique aqui. Preciso de você.

A essa altura, minha mãe já estaria em pânico, chamando o médico e a ambulância, talvez até o padre, só por precaução. Felizmente, Verônica era feita de um material mais resistente. Só olhou para o relógio e suspirou.

— Tudo bem, querida. Não vou sair. Jamie pode ficar em casa também. Podemos ter um dia tranquilo juntos. Só vou dar um telefonema... quero dizer, tenho que... sabe...

Alice e eu nos olhamos. Sabíamos para quem ela precisava ligar, mas Verônica não sabia que nós sabíamos, por isso não podia nos contar.

— Só vou ligar para a creche para avisar que Jamie não vai hoje — disse ela, meio apressada depois de pensar um pouco.

E saiu, e eu a vi levar o telefone sem fio para o quarto. Fechou a porta bem fechada. Alguns minutos depois, voltou.

— Pronto. Cancelei todos os compromissos. Vamos ficar o resto do dia aqui.

Parecia meio desapontada, e por um instante senti um pouquinho de pena dela. Talvez não tivesse culpa de não ter sido feliz com o marido. Talvez Norman fosse o primeiro amor de verdade da sua vida. Talvez merecessem ficar juntos. Talvez eu estivesse ajudando a estragar o melhor romance da história do mundo.

Então me virei para Alice, e a vi toda infeliz, encolhida na cama, ainda choramingando. E ouvi Jamie gritando na cozinha, batendo portas. Olhei para a fotografia que Alice tinha do pai em um porta-retratos ao lado da cama. E decidi...

Bem, não sei exatamente o que decidi, era tudo muito complicado para mim. Só sei que o meu dia foi horrível, enfurnada naquele apartamento apertado com uma Alice irritada, que tinha que ficar fingindo estar doente, um Jamie insuportável e uma Verônica entediada.

Acho que foi o pior dia da minha vida.

Até então.

Capítulo onze

Na manhã seguinte, Alice me fez levantar ainda mais cedo. Não fiquei nada feliz com isso. Afinal de contas, eu estava de férias. Devia poder dormir até tarde. Mas Alice ignorou meus argumentos.

— Vamos lá, Meg — disse ela. — São mais de oito horas. Já perdemos metade do dia.

Ela estava parecendo minha mãe com aquele papo. Mas achei melhor não falar isso.

Antes mesmo de fazer a pergunta que me apavorava, eu já estava vestida.

— Alice, por que você quer que eu levante tão cedo? O que está planejando exatamente?

Mais uma vez, eu não tinha certeza se queria mesmo saber a resposta para a minha pergunta. Mas eu não devia ter gastado minha saliva, já que Alice, como sempre, não quis me contar.

— Conto mais tarde, quando tivermos mais tempo. Agora precisamos ir a uma loja. Vamos, rápido!

— Por quê?

— Dã! Porque preciso comprar uma coisa.

— Dã pra você também. Não vai dizer o que precisa comprar?

— Espere e verá, prometo. Agora vamos. Não temos tempo a perder.

E então, eu a segui toda obediente. Assim que chegamos lá, Alice começou a examinar todas as etiquetas das embalagens de balas. Tive que rir. Ela estava se comportando exatamente como a minha mãe. Ahhhhhrrrg, será que ela ia virar a minha mãe? Que horror! É, até que daria um bom filme: *O dia em que minha amiga virou minha mãe*. Depois achei melhor esquecer essa ideia, ela era muito assustadora.

Fiquei observando Alice examinar todas as embalagens de balas da loja.

— Que diabos você está fazendo? Quer saber se têm muito aditivo químico? — brinquei.

— Exatamente.

Isso estava virando uma loucura. Parei entre ela e o balcão, cruzei os braços e tentei parecer durona.

— Vamos, Al. Isso não é justo. Pare com esse mistério e me conte logo o que está acontecendo.

Ela deu de ombros.

— Tudo bem, então. Se é isso o que você quer...

Tentei não parecer muito surpresa por ela ter concordado em me contar. Alice não era de ceder tão facilmente. Ela me puxou para um canto e sussurrou no meu ouvido. Como a loja estava vazia — além de nós só quem estava ali era a senhora da caixa registradora — aquele sussurro era no mínimo exagerado, mas deixei isso para lá.

— Bem, você sabe que Jamie é meio peste, não sabe?

Tive que concordar. Na verdade, ele era um pouco mais do que meio peste, normalmente era insuportável.

— Bem, se você acha que ele é malcriado, precisa ver como fica depois de comer um bocado desses aditivos químicos. Fica elétrico.

Eu estava começando a entender.

— Então você vai encher ele de balas, e ele vai ficar ligadão?

— Isso mesmo — assentiu ela. — E o bom é que funciona rapidinho. Se dermos as balas assim que chegarmos em casa, ele vai estar louco lá pelas dez horas.

— Certo, mas aí sua mãe só vai precisar levar o Jamie para a creche e deixar que cuidem dele, não é? Como isso poderia ajudar?

Alice abanou a cabeça.

— Confie em mim, Meg. Sei como ele é. Vai ficar tão terrível que nem minha mãe o levaria para a creche. Ela não teria coragem. Então, vai precisar cancelar o encontro novamente. E Norman vai começar a ficar de saco cheio dessa história.

Depois de ouvir aquilo, percebi que eu não deveria estar preocupada, pensando se o plano ia funcionar ou não, eu deveria tentar fazer Alice ver que isso tudo era muita, mas muita crueldade mesmo. Eu mal podia acreditar. Tinha ouvido minha mãe falar mal de aditivos químicos durante toda a minha vida. Eu sabia que eles podiam ser perigosíssimos. Como Alice podia pensar em fazer isso com o irmão?

Ela ergueu duas embalagens de balas de um colorido brilhante e perguntou:

— Vermelho ou laranja? Você escolhe, Meg.

De repente, fiquei furiosa. Isso era errado. Era cruel. Era injusto com Jamie. E era injusto comigo também. Se meus pais algum dia sonhassem que eu tinha participado desse plano iriam me pôr de castigo por uns cem anos. Para minha mãe, dar a Jamie esse tipo de bala era quase a mesma coisa que envenená-lo. Eu tinha que deter Alice. Tinha mesmo!

— Vamos lá, Meg — disse Alice sacudindo as balas bem embaixo do meu nariz. — Escolha qual vamos levar.

Eu tinha que ser firme.

— De jeito nenhum, Alice! Mas de jeito nenhum! Não vou escolher nada. Você não pode fazer isso com Jamie! Nem ele merece isso.

Alice meio que deu um passo para trás, surpresa. Não estava acostumada a me ver discordar dela.

— Mas...

— Isso é um plano maluco, Alice — prossegui. — É ainda mais maluco do que o que fizemos no Dia das Bruxas. Vamos acabar encrencadíssimas. E nem vai funcionar. Não tem como funcionar. Por que você não esquece o Norman? Talvez sua mãe se desapaixone. Ou talvez ele perca o interesse por ela. Você não tem que se meter nisso. Às vezes, é melhor ficar de fora e esperar para ver o que vai acontecer.

Alice olhava para mim com uma cara estranha, mas não dizia nada.

Continuei falando. Esse estava sendo o discurso mais longo da minha vida.

— Vamos, Al. Deixe essas balas aí.

(Eu me senti como os policiais nos seriados de TV, tentando fazer o bandido entregar a arma. Será que ia ficar muito estranho se eu dissesse "Afaste-se dessas balas"?)

Alice ainda estava muda, então falei mais um pouco.

— Por favor, Al, vamos voltar para sua casa e tomar café. Vamos passar um dia legal juntas. Vamos fazer algumas das coisas divertidas que você prometeu.

— Megan...

Eu estava feliz por ela finalmente dizer algo, mas sua voz estava baixinha e meio assustadora. Achei que ela devia estar furiosa comigo, mas não estava. Só disse: "Megan..." novamente, baixou a cabeça e começou a chorar. E quando digo que ela começou a chorar não era um choraminguinho qualquer: Alice dava fortes e sonoros soluços. A mulher atrás do balcão nos lançou um olhar estranho, mas logo voltou a ler o jornal. Depois de uns segundos, Alice ergueu os olhos. Aquele mar de lágrimas escorria pelo rosto da minha amiga e caía no suéter. Ela agarrou meu braço, que ainda estava dolorido do dia anterior.

— Por favor, Megan, me ajude — implorou ela, entre um soluço e outro. — Não sou burra, sei que isso é muito malvado, mas tenho que fazer alguma coisa. Tenho mesmo. E não é só por mim. É por ele também. E por minha mãe. E meu pai. Tudo vai melhorar assim que Norman tiver saído de nossas vidas. Estou fazendo isso para salvar nossa família. E você tem que me ajudar. Por favor, Meg. Por favor.

O que eu poderia dizer depois disso tudo? Nunca tinha visto Alice tão triste. Toda aquela dureza e aquela coragem dela pareciam ter se evaporado.

Agora, ali na minha frente, só havia uma menina muito, muito infeliz. Seria uma maldade abandoná-la.

E bem lá no fundo do coração, eu tinha a horrível sensação de que se eu desistisse de tudo agora perderia minha melhor amiga para sempre.

Então eu disse bem baixinho:

— Está bem, vamos lá.

Não consegui decidir que balas levaríamos. Sendo assim, Alice acabou comprando as duas embalagens. Ela as entregou à funcionária que estava no caixa. A senhora sorriu para ela.

— Não coma tudo de uma vez, mocinha, ou vai ficar subindo pelas paredes — disse a senhora.

Alice sorriu docemente, como se fosse um anjinho, e partimos para casa.

Verônica já tinha levantado quando chegamos.

— Muito bem, Alice — disse ela. — Fico feliz em ver que está se sentindo melhor hoje de manhã Onde estava?

Alice sorriu.

— Estou muito melhor hoje, obrigada, mãe. Precisava fazer algum exercício depois de ter passado o dia deitada. Aí, Megan e eu fomos caminhar.

Verônica pareceu achar aquilo estranho.

— Ora, ora, isso é novidade. Bem, mas agora vocês poderiam acordar Jamie para ele tomar o café da manhã?

Alice abriu um largo sorriso.

— Vai ser um prazer, não é, Megan?

Concordei e a segui até o quarto de Jamie. Alice fechou a porta e sacudiu o irmão com todo cuidado. Ele se sentou e esfregou os olhos.

— Vá embora, Alice. Cai fora daqui.

Ele estava pronto para bater nela, mas Alice foi mais rápida e saiu da reta.

— Anos de prática — disse ela se virando para mim com um sorriso estampado no rosto.

Não achei graça. Jamie estava sendo um grosso, como sempre, mas não merecia o que estava prestes a acontecer. Com medo de chatear Alice de novo, me sentei na ponta da cama de Jamie e fiquei só olhando.

Alice enfiou a mão no bolso e pegou as duas embalagens de balas que tínhamos acabado de comprar. Os olhos de Jamie se iluminaram diante daquela visão.

— Quero uma!

Alice deu um grande sorriso.

— Claro. Pode pegar váááárias.

Jamie se esticou todo para pegar um dos pacotes, mas ela segurou sua mão com toda força.

— Mas primeiro prometa que jamais vai contar a mamãe sobre as balas. Combinado?

— Combinado! — respondeu ele, fazendo que sim com a cabeça.

Estava tão desesperado para pegar as balas que teria prometido qualquer coisa. Alice continuava segurando sua mão.

— Se contar, pego todos os seus coelhinhos de pelúcia e jogo no rio. Entendeu?

Ele concordou de novo

— Prometo. Não vou contar nada a mamãe.

— Nunca?

Ele abanou a cabeça parecendo decidido.

— Nunca, jamais.

— Meu irmãozinho predileto! — exclamou Alice, sorrindo para ele. — Qual vai querer primeiro? Vermelho ou laranja?

Dez minutos depois, Jamie tinha comido quase tudo. Só o que sobrou para contar história foram umas manchas vermelhas e alaranjadas no queixo dele. Alice cuspiu num lenço (que nojo!) que usou para limpar aquela baba grudenta do rosto do irmão. Depois, ajudou-o a se vestir.

Ficamos de olho quando ele entrou na cozinha. Segurando o riso, Alice olhou o relógio.

— Agora tudo o que precisamos fazer é esperar — disse ela.

— Quanto tempo?

Ela deu um largo sorriso.

— Não muito, não mesmo — respondeu ela.

Capítulo doze

Alice e eu tomamos café rapidinho, e ela não fez a menor menção de se levantar da mesa. Parecia que estava querendo ficar por ali mesmo, mas eu não ia deixar. De jeito nenhum ia ficar na cozinha em contagem regressiva até que Jamie explodisse. Então sugeri que voltássemos para o quarto. Alice teve que concordar — se tivesse se recusado a ir, Verônica acabaria desconfiando de alguma coisa.

Fomos jogar um pouquinho. Alice deixou a porta do quarto aberta para podermos ouvir o que acontecia na cozinha. No começo, foi difícil perceber qualquer mudança. Jamie estava sendo desobediente e malcriado, estava insuportável, mas esse era o normal dele. Por um momento, cheguei até a ter esperança de que o plano da Alice não fosse funcionar. Talvez ela tivesse escolhido balas com corantes naturais por engano. Talvez Jamie só fosse afetado por balas verdes ou azuis. E quem sabe o nosso dia não ia acabar sendo normal no final das contas?

Acabei relaxando um pouco e me concentrei no jogo. Eu era melhor que Alice, mas ela não parecia se importar que eu ganhasse sempre. Ela é generosa assim mesmo. Já estava bem na frente e começando a me divertir quando notei que, lá na cozinha, o comportamento da Jamie ficava cada vez pior. Estava com a voz mais esganiçada e não parava de chorar, o que deixava Verônica mais e mais aborrecida. Às dez horas, ele estava praticamente pulando pela casa. Era assustador. Alice e eu tínhamos desistido do jogo. Era bem difícil manter a concentração com aquela barulheira toda vinda da cozinha. Sentamos na cama e ficamos escutando. Dava para ver nosso reflexo no espelho da cômoda. Eu estava com cara de quem tinha acabado de ver um fantasma. Já Alice parecia ter ganhado na loteria.

Um instante depois, Verônica entrou no quarto. Tinha um ar cansado e preocupado.

— Que diabos está acontecendo com seu irmão hoje? Ele está completamente descontrolado. Sabe o que pode ter acontecido?

Alice deu de ombros e olhou para a janela.

— Não foi lua cheia ontem?

Verônica olhou para ela, irritadíssima.

— Ah, muito engraçado, Alice. É sério, o que vou fazer? Estou desesperada, e tenho que sair.

Enquanto ela falava, Jamie veio aos galopes pelo corredor, dando uns gritinhos estridentes e balançando os braços.

— Sou um avião. Sou um avião. Vejam. Sou o maior e mais barulhento avião do mundo inteiro.

Ele parou um segundo, tomou bastante fôlego, e soltou um grito que quase estourou meus tímpanos.

Verônica o agarrou pelo braço com força. Mesmo assim, Jamie continuou pulando de um lado para o outro, sacudindo o braço que estava livre, quase batendo na cara da mãe. Ela parecia doida para dar umas palmadas nele, talvez se eu não estivesse ali ela fizesse isso, mas preferiu chegar bem pertinho dele (que coragem!) e dizer:

— Você não é um avião, entendeu? Você é um menininho, que hoje está agindo feito um bebê.

Nessa hora, Jamie se livrou dela e ficou de quatro.

— Sou um bebê. Sou um bebê. Olhem para mim. Fiz um grande e fedorento cocô marrom na fralda. Buáááááááá! Buáááááá!

Jamie engatinhou depressa pelo corredor e entrou na cozinha, ainda dando gritos terrivelmente estridentes. Ouvimos um barulhão de panelas e vasilhas, um silêncio rápido e depois mais gritaria.

De repente, fiquei me sentindo péssima. Foi Alice quem comprou as balas e as deu ao irmão, mas eu vi tudo. Era culpada também. Deveria ter impedido. Devia ter dito a Verônica o que ela estava fazendo. Provavelmente Alice não ia falar comigo nunca mais, mas, mesmo assim, isso me parecia a coisa certa a fazer. Só que não adiantava nada confessar a essa altura. O estrago estava feito. Agora eu tinha que ficar na minha, esperando Jamie se acalmar.

Verônica se sentou na cama da Alice e apoiou a cabeça nas mãos.

— O que vou fazer com ele?

Alice deu um sorriso doce e propôs:

— Por que não o leva para a creche?

Que cara de pau! Com Jamie encapetado assim, até eu podia ver que ele não tinha condições de ir para a creche.

Verônica também sabia disso.

— Levá-lo para a creche desse jeito? Ele já está com uma advertência por ter mordido aquele garotinho na semana passada. E a verdade é que nunca o perdoaram depois que ele matou Robbie Williams.

Olhei para Alice horrorizada. Sabia que Jamie era mau, mas não tão mau assim. Ela deu um largo sorriso e sussurrou.

— Não se preocupe, Robbie Williams era um peixinho dourado. Jamie o jogou na privada e deu descarga.

Verônica fez novamente uma cara irritada.

— Foi um acidente. As pessoas na creche fizeram uma tempestade em copo d'água por causa disso. Seja como for, se eu mandar Jamie para lá nesse estado, na certa vão expulsá-lo, e aí, o que vamos fazer? Nenhuma outra creche vai aceitá-lo com essa má fama, e eu não terei esperança de conseguir uma escola decente para ele em setembro.

Alice sorriu e disse, toda prestativa.

— Ele vai ter que ficar em casa hoje, não é?

Verônica estava com cara de quem ia chorar.

— É, mas preciso sair. Tenho que sair. Ah, Alice, o que eu faço?

Mais uma vez fiquei com pena da Verônica, ao passo que Alice apenas deu de ombros.

— Como eu vou saber? Por que não pergunta para o papai? Ah, esqueci, você não pode. Ele não mora mais com a gente. Que bobagem a minha.

Cheguei a prender a respiração com a ousadia da minha amiga, mas Verônica agiu como se nem tivesse escutado.

De repente, seu rosto se iluminou.

— Querida, você faria o favor de tomar conta do Jamie para mim? É só por uma hora.

Alice balançou a cabeça.

— Desculpe, mãe. Se a creche não consegue dar conta dele, como você espera que eu consiga? Afinal de contas, só tenho 12 anos. Adoraria ajudar, mas não posso.

Fiquei me sentindo um lixo. Parte de mim queria oferecer ajuda, outra parte sabia que se eu fizesse isso Alice cortaria relações. Era um preço alto demais a se pagar — especialmente agora que o estrago já estava feito. Então, tratei de manter a boca bem fechada.

Verônica estava com uma cara bem tristonha.

— Alice, e se...? — começou ela, e então parou no meio da frase. Fiquei contente. Sabia que o que quer que Verônica pedisse, a resposta de Alice seria não. Verônica deu um pequeno suspiro. — Deixe para lá. Você acha que poderia manter Jamie quieto por cinco minutos enquanto dou um telefonema?

Alice não respondeu. Verônica aproveitou a oportunidade e correu para o quarto para dar o tal telefonema.

E lá estava eu, em plenas férias, enfurnada num apartamento minúsculo, com a mãe da minha amiga sussurrando ao telefone, o irmão rolando pelo chão, fazendo uns ruídos estridentes, chutando e jogando para o alto tampas de panelas, e a própria Alice enfiando mais balas cheias de aditivos químicos na boca de Jamie para o caso de o efeito acabar logo.

Choveu o resto do dia — uma chuva forte que batia nas janelas e escorria pelo vidro como se alguém estivesse usando uma mangueira para fazer isso. Nós quatro nos esbarrávamos pelo apartamento, irritando ainda mais uns aos outros. Eu queria sair para fazer alguma coisa, qualquer coisa, mas Alice só queria ficar no quarto — e foi o que fizemos. Jogamos o mesmo jogo umas cem vezes, mas não foi nem um pouco divertido. Alice estava muito calada — acho que até ela estava meio chocada por Jamie ter ficado tão transtornado depois de comer as balas vermelhas e laranjas. (Mas nem tanto... senão não teria continuado a lhe dar aquelas balas.)

O ponto alto do dia foi o lanche, com batatas chips e pizza. Mas não foi tão bom assim, porque a esta altura eu estava cansada demais para curtir isso. Fiquei contente quando chegou a hora de dormir — precisava descansar e relaxar um pouco. Deitei na cama, fechei os olhos e tentei não pensar no dia que eu tinha acabado de ter.

Alice ainda era minha melhor amiga. Isso nunca mudaria. Mas eu estava começando a achar que se ela conseguisse mesmo amedrontar Norman o suficiente para ele querer se afastar daquela família, ela estaria era fazendo um grande favor a ele.

Capítulo treze

Quando acordei de manhã, Alice estava sentada na cama me olhando.

— Oi, Meg — disse ela.

— Oi, Al — respondi.

Fiquei com muito medo de dizer qualquer outra coisa. Não queria nem tocar no nome do Jamie ou da Verônica, falar de balas, do Norman, ou de qualquer coisa que tivesse a ver com o dia de ontem.

Depois de um tempão, Alice falou alguma coisa de novo.

— Quer saber do que mais, Meg? Acho que merecemos uma folguinha.

Nem me atrevi a ter esperança.

— Você quer dizer... um dia sem planos secretos?

— É, por que não? — respondeu ela, rindo. — Sei que você não se divertiu muito até agora, e tudo por minha causa.

— Mas e o...

Ela não me deixou acabar de falar.

— Agora só vou me preocupar com minha mãe e Norman amanhã. Hoje vamos só nos divertir e brincar.

Dei um sorriso enorme, sem saber nem o que dizer. Alice riu da minha reação.

— Então, o que vamos fazer? Pode escolher.

Rapidinho eu decidi, e em minutos já tínhamos tudo planejado. Iríamos ao cinema; estava passando um filme que eu estava doida para ver. Depois, passaríamos no shopping para tomar o super e espumante chocolate quente com marshmallows, daqueles com que eu vinha sonhando há dias.

Pulei da cama e vesti minhas melhores roupas. Estava eufórica com a ideia de ter um dia normal de diversão pela frente.

Por volta das dez e meia, Verônica acabou de arrumar Jamie para levá-lo à creche. Ele estava pálido e cansado. Ficou agitado até bem tarde na noite anterior. Tanto que quando eu estava me preparando para dormir, ainda o ouvi pulando na cama e fazendo barulho de trem. Agora de manhã ele estava com uma cara horrível. Chegava a estar azul de tão pálido, e tinha umas olheiras enormes e arroxeadas — estava igualzinho a um filhote de panda. Também estava estranhamente quieto, o que me deixava contente, mas também um pouco desconfortável. Era como se Alice o tivesse envenenado e eu a tivesse ajudado.

Verônica estava quieta também. Senti um pouco de pena. Aquela família era uma bagunça e, apesar de ser tudo culpa dela, talvez não houvesse nada que pudesse fazer agora para consertar as coisas. Ela nem nos perguntou o que tínhamos planejado fazer durante o dia. Só pediu que fôssemos boas meninas (e havia grandes chances de isso não acontecer com Alice por perto). E saiu para levar Jamie para a creche.

Alice e eu voltamos para o quarto e ficamos ouvindo um pouco de música. Nós duas sabíamos que era capaz de Verônica ir se encontrar com Norman, então fiquei tagarelando sem parar, tentando distrair Alice. Mas ela foi forte, não mencionou Norman nem uma vez. Só ficou falando da tarde maravilhosa que teríamos.

Até que enfim deu meio-dia, hora de sairmos. Fiquei toda saltitante e risonha, como geralmente acontece quando estou empolgada. Alice estava na maior animação também. E engraçada, me contando uma porção de histórias divertidas sobre sua escola e sua professora maluca.

A caminhada do apartamento da Alice até o Cineplex foi curtinha e chegamos lá bem depressa. Parada na porta do prédio, dei um grande e longo suspiro feliz. Finalmente minhas férias estavam começando de verdade!

Capítulo quatorze

Quando entramos no Cineplex, Alice se mostrou bem generosa comprando para mim um pacote gigantesco de pipoca. Se há uma coisa a que não consigo resistir é pipoca. Devorei metade do pacote ainda na fila para comprar os ingressos. Alice riu quando percebeu isso.

— Megan Sheehan, você faz ideia da quantidade de sal que acabou de consumir? — disse ela imitando a voz da minha mãe.

Fiquei rindo. Alice sabia fazer imitações como ninguém, e se eu fechasse os olhos teria a nítida sensação de que minha mãe estava bem ali na minha frente.

Alice riu também. Ela adora ter público. E prosseguiu:

— E você faz ideia da quantidade de árvores que são assassinadas todos os anos só para fazer o papelão de pacotes como esse?

Ri novamente, e Alice desandou a falar, fazendo um discurso enorme sobre o meio ambiente. Mas depois de alguns segundos parei de prestar atenção, porque, justo quando ela estava se empolgando, vi atrás dela algo que quase me fez engasgar com aquela pipoca supersalgada e ecologicamente incorreta. Era algo tão ruim, que eu mal podia acreditar que fosse verdade. Fechei e abri os olhos, na esperança de estar enganada. Mas não, infelizmente não era um engano. Eu realmente tinha visto a coisa mais horrível do mundo: ali na frente, a uns 10 metros de distância de onde estávamos, bem no começo da fila, estavam... Verônica e Norman.

Alice não tinha visto nada ainda. Continuava tagarelando toda contente, agitando os braços no ar e se divertindo horrores, zoando o jeito de falar da minha mãe. Tentei sorrir e agir como se nada de estranho estivesse acontecendo — o que não era nada fácil quando seu pior pesadelo acaba de se realizar diante de seus olhos.

A fila andava bem devagar. Dali a pouco Verônica e Norman estariam comprando seus ingressos. Se eu conseguisse evitar que Alice os visse, eles entrariam para ver o filme e tudo ficaria bem. Ela nem precisaria saber que eles estavam no cinema. (Duvido muito que eles fossem ver o mesmo filme que nós.)

Continuei rindo para Alice e dizendo bobagens do tipo: "Sério mesmo?" Ou: "Uau!" Ou ainda: "Você é uma figuraça."

E quase consegui o que queria, mas, exatamente quando Verônica deu um passo em direção à bilheteria, algo fez com que Alice se virasse. Ela soltou um gritinho de surpresa, agarrou meu braço dolorido e disse:

— Ah, não! Não acredito nisso.

Esfreguei o braço e fingi que não havia nada de errado.

— Vamos, Al, continue — propus. — Você é ótima imitando minha mãe. Diga outra coisa ou imite a Melissa!

Alice me ignorou.

— Olhe, Meg — sussurrou ela. — Olhe ali.

Claro que eu não precisava olhar para saber o que era, mas olhei assim mesmo. Verônica tinha acabado de pegar os ingressos e se encaminhava com Norman para a entrada. Alice correu atrás dela. Meu coração quase saiu pela boca. Eu tinha presenciado várias brigas das duas e sabia como ficavam descontroladas nessas horas. Estávamos em um local muito público para um show dos O'Rourke. Para meu alívio, porém,

Alice parou um pouco atrás deles e ficou só olhando. Então, correu de volta para onde eu estava.

— Mudança de planos. Precisamos ir para a sala seis. Tenho que ficar de olho na minha mãe — decidiu ela.

Tive vontade de chorar.

— Mas e o nosso filme? E o nosso dia divertido? Você prometeu, Al, lembra?

Alice foi decente o suficiente para parecer culpada.

— Eu sei, Meg, prometi mesmo, mas estamos diante de uma emergência. Minha mãe está tendo um encontro. Você viu, ela acabou de entrar no cinema com um homem que não é o meu pai. Eu não posso simplesmente fingir que isso não está acontecendo. Não posso entrar em outra sala e assistir a um filme como se estivesse tudo bem. Não posso mesmo.

Dessa vez pelo menos dava para entender como ela devia estar se sentindo. Se eu visse minha mãe indo ao cinema com um homem que não fosse o meu pai, acho que também ficaria um pouco chateada.

Quando chegamos à bilheteria, Alice sorriu para a moça atrás do balcão.

— Dois ingressos para a sala seis, por favor — pediu ela.

A moça sorriu também para ela.

— Quantos anos você tem, mocinha?

Ai, não. Nem checamos que filme estava passando na sala seis. Se fosse censura livre, a moça não teria perguntado a Alice a idade dela. Alice deu seu melhor sorriso e cruzou os dedos atrás das costas.

— Tenho 15.

A moça balançou a cabeça.

— Sinto muito, mas não acredito. Na sala seis está passando um filme proibido para menores de 15 anos. Se não tiver como comprovar sua idade, vai precisar entrar com um responsável — disse ela, sorrindo gentilmente. — Sua mãe está por perto? Ou seu pai?

Dei um suspiro. Como Alice poderia responder essa pergunta? Bem, meu pai está em Limerick, e minha mãe acabou de entrar na sala seis com um namorado secreto. Nós a estamos seguindo para ver o que ela vai fazer.

Alice olhou para mim, como se soubesse o que eu estava pensando. Então, debruçou-se no vidro que ficava entre ela e a moça.

— Minha mãe e meu pai estão no trabalho — explicou ela. — Mas eles sabem que eu vim ver esse filme. E não se importam, é sério. Eles são bem tranquilos com esse tipo de coisa.

A moça sorriu.

— Tenho certeza de que são, mas se um deles não estiver aqui com você, não posso vender um ingresso para a sala seis.

Alice se inclinou ainda mais na direção da moça

— Por favor. Por favoooor. Você não está entendendo. É uma emergência. Tenho mesmo que ver esse filme.

A moça novamente balançou a cabeça.

— Sinto muito, querida, talvez daqui a alguns anos. Por enquanto, por que não vai ver o da sala quatro? Tem um filme permitido para maiores de 12 anos passando lá. Bem apropriado para alguém da sua idade.

Alice não respondeu. Afastou-se do guichê e foi se sentar no chão, perto da entrada da sala. Fui me sentar ao lado dela. Não tinha mais por que ficar na fila. Eu sabia que Alice não ia querer assistir mais nada.

— E agora? — perguntei.

Ela deu de ombros.

— Agora só nos resta esperar.

— Esperar o quê?

Deu de ombros de novo.

— Não sei bem. Acho que deveria ficar aqui sentada esperando minha mãe sair.

— Vai brigar com ela aqui?

Para meu grande alívio, Alice balançou a cabeça.

— Não. Isso não mudaria nada. Só quero ver o que está acontecendo, só isso.

Então, ficamos esperando. Noventa e sete minutos pode não parecer muito tempo se você estiver assistindo a um filme realmente bom, mas é uma verdadeira eternidade quando se está sentada no saguão de um cinema com sua melhor amiga que fica dizendo coisas do tipo: "Como minha mãe pôde fazer isso com a gente? Queria que Norman morresse de uma doença terrível. Aposto que estão se beijando."

Toda hora Alice se levantava e andava pelo saguão com uma expressão bem irritada no rosto. (Parecia até os tigres do zoológico de Dublin.) Depois voltava, sentava-se ao meu lado novamente e ficava fazendo suposições em voz alta do que estaria acontecendo dentro do cinema. Ela disse uma porção de coisas sobre Norman bem desagradáveis, que, tenho certeza, na verdade ele não merecia.

Depois do que pareceram umas dez horas, as portas da sala seis se abriram. Alice e eu nos escondemos atrás de um cartaz do filme novo do Harry Potter. Desejei poder ser como Harry Potter. Desejei poder fazer meus problemas desaparecerem apenas sacudindo uma varinha mágica e dizendo algumas palavras inventadas. Por que a vida real tinha que ser tão complicada?

Nesse exato momento, Verônica e Norman saíram do escuro, piscando do jeito que sempre se faz quando se sai do cinema. Caminharam até a saída e ficaram um tempinho parados, abotoando os casacos e ajeitando os cachecóis. Estavam conversando e rindo. Verônica parecia jovem, feliz, sem preocupações. Não lembrava nem um pouquinho aquela mulher fria e irritada que eu geralmente via. Talvez estar com Norman fosse realmente bom para ela. Era errado ela querer ser feliz?

Eu me perguntava se deveria dizer isso a Alice.

Talvez conseguisse convencê-la a dar um tempo. Olhei para ela e vi sua expressão: estava realmente irritada. Com certeza não era uma boa hora para tentar argumentar.

Eu me virei então e olhei para a porta. Naquele instante, Norman inclinou-se e beijou Verônica no rosto, e foram embora, cada um para o seu lado.

Alice não deu um pio no caminho de casa.

Pareceu uma caminhada bastante longa.

* * *

Mais uma vez passamos a tarde dentro do apartamento porque Alice estava chateada demais para sair.

Verônica só voltou na hora do lanche. Trazia em uma das mãos duas sacolas de compras de lojas chiques. Com a outra mão arrastava Jamie, que estava com uma cara irritada.

Alice sorriu para ela, como se estivesse realmente feliz em vê-la.

— Teve um dia legal, mãe?

Verônica suspirou.

— Estava ótimo até ir buscar seu irmão na creche e saber das malcriações dele. Jamie mordeu uma criança e chutou outra. Agora está proibido de circular perto de Justin Timberlake.

Ao ouvir isso, tive que interrompê-la.

— Mas como ele foi parar perto do Justin Timberlake?

Verônica balançou a cabeça impacientemente.

— Fácil. Foi só deixá-lo no canto da sala de aula.

Que doideira era aquela que ela estava falando? Todo mundo por aqui estava ficando maluco?

Alice se inclinou em minha direção.

— Ela não está doida — sussurrou. — Justin Timberlake é o novo peixinho dourado. Compraram para substituir o Robbie Williams.

Comecei a rir, mas parei rapidamente quando notei que tanto Alice quanto sua mãe estavam me olhando de cara feia.

Verônica prosseguiu.

— É a última chance de Jamie naquela creche. Os outros pais estão começando a reclamar dele. Não sei o que fazer com seu irmão, realmente não sei.

O pobre Jamie certamente ainda estava sob os efeitos retardados das balas, e não era justo culpá-lc Decidi mudar de assunto.

— Você fez compras, Verônica. Comprou alguma coisa legal?

Ela sorriu para mim.

— Comprei, Megan, comprei, sim. Dois novos terninhos. Querem ver?

— Quero, sim — respondi.

— Não, obrigada — disse Alice ao mesmo tempo que eu.

Verônica a olhou de um jeito engraçado.

— Está bem, talvez mais tarde, então — disse ela, indo para o quarto com suas sacolas.

Depois que ela saiu, Alice começou a sussurrar no meu ouvido.

— Não demonstre nenhum interesse. Não fique encorajando a minha mãe. Se ela está comprando roupas sofisticadas para esses encontros especiais com Norman, eu não quero ter nada a ver com isso.

Naquele instante, Verônica voltou à sala de estar e se sentou.

Alice fez uma voz falsamente doce de novo.

— Você fez outra coisa além das compras, mãe?

Nem consegui respirar ao ouvir aquela pergunta. Se Verônica mentisse, Alice ficaria irada, mas dificilmente ela diria a verdade, não é?

Verônica ficou em silêncio por um instante. Depois respondeu distraidamente.

— Fui ao cinema.

— Com quem?

Prendi a respiração novamente. Como Alice podia ser tão corajosa?

Mais uma vez, Verônica pareceu pensar por séculos antes de responder.

— Fui sozinha — disse.

Alice olhou para mim, e eu olhei para ela. Sabíamos que sua mãe estava mentindo.

A voz de Alice assumiu um tom perigosamente baixo.

— Isso é meio esquisito, não acha?

Verônica lançou-lhe um olhar estranho, mas não respondeu.

Alice prosseguiu.

— Ir ao cinema sozinha, que tristeza.

Ela estava provocando a mãe, tentando forçá-la a dizer a verdade. Eu não queria respirar, mas era preciso, pois estava começando a ficar zonza.

Verônica respondeu àquilo suavemente.

— Eu queria muito ver esse filme. É um filme inspirador; a história de uma mulher que enfrentou uma terrível tragédia, mas deu a volta por cima.

A voz de Alice estava fria.

— O que ela fez? Deixou o marido? Destruiu a família?

Verônica nem ficou irritada com Alice. Manteve-se calma.

— Não fale de coisas que você não entende, querida. Agora, se me dão licença, acho que está na hora de preparar o lanche.

Ela entrou na cozinha e eu fiquei sozinha com Alice. Pela primeira vez, vi que a minha amiga parecia estar sem palavras.

Depois do lanche, Jamie foi dormir, e Alice, Verônica e eu assistimos a um reality show. No programa, um bando de malucos morava junto numa casa pequena. Toda vez que eles faziam algo estranho, Alice comentava: "Isso é tão esquisito. Quem se comportaria assim?"

Ela não parecia esperar uma resposta, o que me parecia bem razoável. Afinal, em que planeta ela estava vivendo? Será possível que ela não percebesse como a própria vida tinha se tornado uma verdadeira loucura? Será que achava que o que estava acontecendo em sua casa era normal?

Fiquei encolhida num canto do sofá e tentei não pensar muito.

* * *

Um pouco antes de irmos deitar, Verônica disse que eu podia ligar para casa. Depois de ouvir minha mãe fazer umas mil perguntas sobre minha saúde e meu comportamento, tivemos uma conversa agradável. Ela me contou que Rosie tinha aprendido a andar na minha velha bicicleta de rodinhas. Fiquei triste de não estar lá para ver isso. Então meu pai veio falar comigo também e disse que esperava que eu estivesse tendo ótimas férias. E tive que mentir e dizer que estava tudo perfeito, e que Alice e eu nunca tínhamos nos divertido tanto.

Mais tarde, quando Alice estava dormindo, chorei um tempão. Queria voltar para casa. Queria estar em Limerick, com minha família feliz. Estar em Dublin com Alice era tão complicado...

Capítulo quinze

Quando acordei na manhã seguinte, fiquei deitada na cama de olhos fechados. Tinha participado dos planos malucos da Alice até agora e sabia que não tinha mais como dar para trás. Era mais ou menos como pular de um trampolim bem alto: não adiantava querer desistir no meio do caminho ao ver a água se aproximando rapidamente. Era tarde demais para mudar de ideia.

Nem perdi meu tempo tentando ter esperança de que aquele dia fosse ser normal e que finalmente poderíamos fazer todas as coisas legais que tínhamos programado. Apenas fiquei deitada ali e esperei para ver que maluquice Alice planejava para o dia.

Depois de séculos, abri os olhos. Alice estava me observando de novo lá da cama dela.

— Até que enfim você acordou, Meg.

Nem respondi. Estava muito, muito cansada.

— Meg, quero agradecer a você — disse ela, sentando-se.

— Pelo quê?

— Por ter me ajudado esses dias.

— Não fiz muita coisa — observei, dando de ombros.

— Você estava aqui comigo. E isso basta. Não conseguiria enfrentar esta situação sem você.

Por que fiquei me sentindo tão culpada?

— Sério — prosseguiu Alice —, está sendo uma amigona. Graças a você estamos conseguindo nos livrar daquele antipático do Norman.

Sorri para ela, mas não estava muito convencida. Se esse cara realmente amasse Verônica, não seria tão fácil fazê-lo dar o fora. Terem deixado de se encontrar duas vezes não significava uma catástrofe para o relacionamento dos dois. E ele pareceu bem feliz no cinema no dia anterior.

Como sempre, Alice começou com aquele monte de achismos.

— Não devíamos ter relaxado ontem, esse foi nosso erro. Mas podemos correr atrás do prejuízo hoje.

Não mencionei que tínhamos tido somente uma hora de descanso antes de vermos Verônica e Norman no cinema.

Alice continuou.

— De qualquer forma, as coisas estão nesse pé: minha mãe deixou de ir a dois encontros esta semana, e tudo por causa dos filhos. Norman já deve estar um pouco cheio disso, e hoje... bem, hoje vamos providenciar a cereja do bolo.

Ao ouvir aquilo me veio de novo aquela sensação de enjoo no estômago que se tornava tão familiar. Queria saber o que ela estava maquinando dessa vez, e ao mesmo tempo não queria. Tentei não deixar transparecer o pânico em minha voz quando perguntei:

— É... o que exatamente vai acontecer hoje, Alice? Vai ter apendicite de novo? Por favor, não diga que vai dar mais daquelas balas vermelhas ao Jamie. Não quero participar disso outra vez. E nem pense que vou passar perto do cinema depois do que aconteceu ontem.

— Não se preocupe, não é nada disso — disse ela, sorrindo.

Toda vez que Alice dizia "Não se preocupe", eu sabia que era, sim, para eu me preocupar.

— Não se preocupe — repetiu ela. — Hoje vamos tentar algo completamente diferente.

— O quê, hein?

— Hoje Norman vai conhecer as crianças O'Rourke.

— E...?

— Bem, é muito cedo para dar detalhes — disse ela, dando um sorriso de orelha a orelha. — Ainda não tenho tudo muito organizado na minha cabeça. Mas ele não vai gostar do que vai ver, isso eu posso garantir.

* * *

Alice começou a pôr seu plano em prática já no café da manhã.

— Mãe, Jamie está parecendo bem cansado hoje — disse ela. — Acho que você não devia levá-lo à creche.

Verônica suspirou.

— É, eu sei, querida, você tem razão. Ele parece mesmo cansado. E depois de toda a confusão que ele causou ontem, talvez fosse melhor mantê-lo em casa, mas tenho que sair. Só vou deixar ele lá umas horinhas.

Olhei para o Jamie. Ele estava com os olhos cheios de lágrimas. Elas escorreram pelas bochechas e pingaram dentro da tigela de sucrilhos. Seu lábio inferior tremia e ele usou as mãozinhas gorduchas para enxugar os olhos. Eu podia ver que o pobrezinho ainda não tinha se recuperado daquelas balas todas. E, pela primeira vez, consegui esquecer todos os chutes e xingamentos, e fiquei com muita, muita pena dele.

Alice sorriu para a mãe.

— Pobre Jamie. Está acabado. Por que você não o deixa aqui? Megan e eu tomamos conta dele. Não é, Megan?

Assenti. Não havia muito que eu pudesse fazer, não é mesmo? Eu estava em plena montanha-russa e não sabia como descer.

Não precisamos falar duas vezes. Verônica se levantou de um salto e beijou a cabeça da Alice.

— Querida, você está sendo muito fofa. E você também, Megan. Obrigada, meninas.

Sorri sem conseguir olhar Verônica nos olhos. Se ela soubesse exatamente por que seu filho estava tão cansado, não me agradeceria, mas me levaria até a estação para comprar uma passagem só de ida para minha casa no primeiro trem.

— Não vou demorar, prometo. Em uma ou duas horas estou de volta. E você vai ser bonzinho com as meninas, não vai, Jamie, querido?

Jamie fez que sim com a cabeça e enxugou as lágrimas. Verônica entrou apressada no quarto para se arrumar para um encontro especial. Alice me deu um largo sorriso e fez sinal de positivo com o dedo. Sorri para ela também. Estava com uma estranha sensação de que este seria o pior dia de todos.

Capítulo dezesseis

Verônica saiu de casa pouco depois das dez e meia. Estava nas nuvens de tanta felicidade e usava um perfume daqueles bem caros.

Parecia uma prisioneira sendo libertada depois de ter passado vinte anos atrás das grades. Eu sabia bem como ela estava se sentindo. Confesso que também não me importaria de ter uma folguinha.

Quinze minutos depois, Alice, Jamie e eu saímos.

Jamie estava comportadíssimo. Deu a mão a Alice e foi saltitando a seu lado.

— Para onde estamos indo, Alice? — perguntou ele depois de um tempinho, dando um sorrisinho fofo.

— Vamos dar um passeio bem legal.

— Posso comer mais balas? Aquelas balinhas vermelhas gostosas?

Olhei para Alice horrorizada. Ela não seria capaz de fazê-lo ficar ligadão de novo, seria?

Ela se inclinou e sussurrou.

— Não fique com essa cara de preocupação. Não faria isso de novo. Tenho medo de que ele fique tão louco que nunca mais se recupere.

Então, ela se virou para Jamie:

— Não, querido, nada de balas hoje — respondeu ela, em voz alta. — Mas se você for um bom menino, nós três vamos tomar um delicioso chocolate quente numa lanchonete bem legal.

Jamie fez uma dancinha de felicidade.

— Eeeeeba! Chocolate quente gostoso! Eba! Eba!

Apesar de gostar tanto de chocolate quente quanto Jamie, não conseguia compartilhar da alegria dele porque, naquele exato instante, o plano da Alice ficou claro como água para mim.

Minutos depois estávamos caminhando ao longo da rua onde ficava "o lugar de sempre" de Verônica e Norman.

Por alguns segundos, alimentei a esperança de que talvez o chef tivesse envenenado várias pessoas e o lugar tivesse sido fechado.

Quem sabe não tinha havido um incêndio durante a noite e a lanchonete tivesse sido inteiramente queimada?

E se estivesse acontecendo um assalto e o estabelecimento estivesse cercado pela polícia?

Mas não. Infelizmente a porta da lanchonete estava entreaberta, e vinham lá de dentro os sons de xícaras batendo e pessoas conversando.

Agora, a única salvação seria Verônica e Norman não estarem ali. Mas eu não tinha muita esperança, já que eles chamavam aquela lanchonete de "o lugar de sempre".

Eu precisava tentar uma última vez, antes que fosse tarde demais. Pus uma das mãos no ombro da Alice, detendo-a por um segundo.

— Alice, você tem certeza absoluta de que quer fazer isso?

Ela pensou por um momento. Então, respondeu bem tranquilamente.

— Já que disse isso, Meg, para falar a verdade, não quero, não.

Dei um grande suspiro de alívio, mas ela continuou.

— Não quero de jeito nenhum. Mas tenho que fazer isso. É simples assim: tenho que fazer. Me ajude, Meg. Por favor.

Eu podia pensar em centenas de motivos para dizer não. Hesitei um bom tempo. Mas, no fim das contas, percebi mais uma vez que não tinha alternativa: ou ajudava Alice ou a perdia para sempre. Isso não era exatamente uma escolha, era?

Dei de ombros.

— Vamos lá. Vamos entrar e acabar logo com essa história.

Alice sorriu para mim, em gratidão, e entrou na nossa frente.

Capítulo dezessete

Eu os vi imediatamente. Verônica estava sentada de costas para nós, e Norman, de frente. Estavam inclinados na direção um do outro, com a cabeça quase se tocando. Ele disse algo e Verônica fez que não. Seus belos cabelos louros roçaram suavemente na jaqueta rosa-claro. Ele disse mais alguma coisa, e novamente ela negou. Seu cabelo parecia uma cortina de seda, balançando delicadamente de um lado para o outro. Ela podia até se candidatar para fazer comercial de xampu se quisesse. E era isso que ela podia estar fazendo agora, em vez de estar sentada ali na nossa frente, ignorando que algo terrível estava prestes a acontecer.

Então Norman pôs a mão no braço da Verônica, sorrindo para ela. Ele tinha lindos e reluzentes dentes brancos. Se resolvessem se casar, poderiam ganhar uma grana fazendo comerciais: ele, de pasta de dentes; ela, de xampu. Prendi a respiração com medo das cenas dos próximos capítulos. Se fosse haver outro beijo, eu não queria estar lá para ver.

Talvez Alice estivesse pensando a mesma coisa. Ela agarrou Jamie pelo braço e o empurrou para frente.

— Olhe, Jamie, acho que mamãe está ali. Que surpresa, hein? Vamos lá dar um oi para ela?

O pobre Jamie, do alto dos seus 5 anos, deu um sorrisinho inocente e caminhou até onde estava sua mãe. Alice o seguiu. Fiquei ao lado de uma mesa ali perto, torcendo para que eles ficassem tão surpresos com aquele encontro que nem me notassem.

Norman ergueu a cabeça quando eles se aproximaram e, em seguida, desviou os olhos novamente. Ele parecia feliz, mas isso era só porque não sabia o que em breve iria acontecer. Verônica virou ligeiramente a cabeça, e nessa hora uma expressão de surpresa e pavor se estampou em seu rosto.

— Alice, Jamie, que diabos estão fazendo aqui? Aconteceu alguma coisa?

Alice deu um sorriso quase tão inocente quanto o de Jamie.

— Não aconteceu nada. Megan e eu resolvemos levar Jamie para dar um passeio, e ele foi tão bonzinho que prometemos lhe dar uma xícara de chocolate quente. Aí, entramos aqui e tivemos a maior surpresa quando vimos *você*.

Verônica balançou a cabeça com um ar meio ausente. Dava para notar que era uma surpresa para ela também, e não das mais agradáveis.

Ficou olhando um tempão para os filhos. Talvez achasse que se ficasse olhando fixo para eles durante um bom tempo, os dois desapareceriam numa nuvem de fumaça. Quando conseguiu falar novamente, perguntou:

— Onde a Megan se meteu?

Como quem não quer nada, tentei me esconder atrás de uma planta. Não queria estar lá de *jeeeito* nenhum. E, principalmente, não queria que Verônica me visse de *jeeeito* nenhum.

Alice se virou e, claro, me viu imediatamente, afinal, o vaso de planta não era tão grande assim. Ela veio na minha direção com um sorriso no rosto.

— Meg, sua doida, o que está fazendo aí sozinha? Venha ficar com a gente. Olhe, mamãe está aqui.

— Estou bem aqui — sussurrei. — Não vai precisar de mim agora. Deixe-me em paz e continue a fazer suas maluquices.

Estava tentando ser leal, estava mesmo, mas naquela hora me deu um medo tão grande que eu mal podia pensar.

Verônica levantou os olhos.

— Ah, aí está você, Megan. Bem, venha até aqui também para se juntar a Alice e Jamie.

Enquanto falava, ela estalava os dedos como se estivesse chamando um cachorro. As pessoas estavam começando a nos olhar, achando aquilo tudo muito estranho. Eu não conseguia me mexer. Agora a vergonha era maior que o medo.

Verônica estalou os dedos novamente.

— Pelo amor de Deus, menina. Quer fazer o favor de vir aqui? Você não vai ficar aí feito um dois de paus, vai?

Meu rosto ardia de tanta vergonha. Não gostei nada do jeito como ela falou comigo, mas estava com tanto medo que fiz o que ela mandou. Caminhei devagar até a mesa e parei ali com as mãos nos bolsos.

Norman tinha tirado a dele do braço de Verônica e observava a cena com um meio sorriso nos lábios. Pobrezinho. Não fazia a menor ideia da confusão em que estava metido. Eu estava na mesma situação que ele, também não sabia o que iria acontecer, mas tinha certeza de que não seria alguma coisa legal.

Havia duas cadeiras vazias à mesa. Alice nos empurrou para elas e puxou uma cadeira de outra mesa para ela própria se sentar.

Verônica parecia pálida e tensa. Se não tivesse sido tão grossa comigo, eu estaria até com pena dela.

— Alice, querida — disse ela. — É melhor vocês irem para casa. Logo, logo eu vou também.

Ela remexeu na bolsa.

— Tome — acrescentou —, leve este dinheiro para vocês alugarem um DVD quando estiverem indo.

Alice apenas sorriu um pouco mais.

— Muito gentil da sua parte, mãe, mas não precisa, obrigada. Seria falta de educação ir embora tendo acabado de chegar, não é? E já que estamos aqui, por que não tomamos uma bela xícara de chocolate quente com você?

Verônica fez uma cara extremamente irritada, mas teve o cuidado de não levantar a voz quando retrucou o comentário da Alice.

— Você não me ouviu, Alice? Eu disse...

Neste momento, Norman a interrompeu.

— Tudo bem, Verônica. Deixe-os ficar.

Ele olhou para cada um de nós e sorriu.

— Você deve ser Alice. Verônica me falou muito de você. E este deve ser Jamie. E você deve ser a amiga da Alice, de Limerick.

Alice olhava com ódio para ele. Jamie o ignorava. Tentei amenizar o clima dando o meu melhor sorriso, mas o que eu realmente queria era sair correndo dali e me esconder debaixo da mesa mais distante.

Norman continuou.

— Eu sou Norman, o... — Ele parou e olhou na direção da Verônica, que balançou a cabeça levemente. — Sou um amigo da Verônica.

Ele sorriu novamente. Não parecia notar que Alice o estava olhando fixamente como se fosse adorar lhe dar um soco no meio da cara com toda força. Era aquele olhar de durona que eu já tinha visto ela praticar na frente do espelho sem saber que eu estava olhando. Agora eu realmente estava sentindo pena do coitado do homem. Se ele pretendia ficar com a família O'Rourke por muito tempo, seria melhor ir se acostumando àquele olhar.

Norman se levantou.

— Bem, tenho certeza de que depois da caminhada que fizeram, vocês devem estar com fome e sede. Quem vai querer chocolate quente e pão doce?

Jamie e eu aceitamos. Alice continuava a olhar com ódio para Norman. Eu queria que ela parasse com aquilo, mas não sabia como. Ele parecia um cara legal. Se era para ter um padrasto, Alice não poderia esperar ninguém melhor que ele.

Norman foi até o balcão e Verônica se inclinou sobre a mesa na direção da Alice.

— Vamos, desembuche. O que significa isso? — sussurrou ela.

Alice deu de ombros e arregalou os olhos.

— Isso o quê? Nós entramos nesta lanchonete e coincidentemente vimos que você estava aqui, foi um encontro casual, e agora vamos todos tomar um chocolate quente juntos. O que há de errado nisso?

Verônica fez uma cara ainda mais zangada, estreitando os olhos.

— Nada, acho. Mas então tomem logo esse chocolate e vão embora. Não é apropriado vocês estarem aqui.

Jamie levantou a cabeça.

— O que quer dizer "apopiado"? — perguntou ele.

Verônica pensou por um instante.

— Quer dizer que você deveria estar em casa brincando com seu Lego.

— Por que não é apropriado? — perguntou Alice, encarando a mãe.

— Simplesmente não é — respondeu Verônica bruscamente. — Agora, estou avisando, é melhor se comportar.

Alice sorriu docemente para ela.

— Não se preocupe, mãe, você sabe que pode confiar em mim.

Bem nessa hora, Norman voltou com uma bandeja cheia de xícaras e bolinhos. Dava para ver o chocolate quente fumegando. Eu conseguia até imaginar os marshmallows começando a derreter na espuma quente e cremosa. Finalmente eu iria tomar a bebida espumante que Alice vinha me prometendo a semana inteira. Eu deveria ficar feliz. Mas como? Sabia que a confusão toda estava só começando.

Capítulo dezoito

Norman se sentou e começou a distribuir o lanche. Comprou uma bebida quente para cada um de nós e uns três pães doces bem cremosos e pegajosos de cada tipo. Minha mãe teria tido um ataque só de ver tanto doce na minha frente. Jamie arregalou os olhos e deu um enorme sorriso para Norman. Ele o tinha ganhado de cara. Voltando-se para Alice, Norman perguntou:

— Não vai comer um pão doce? Devem estar deliciosos!

Alice sorriu para ele, e me perguntei se ela também não estaria se deixando conquistar pelo seu charme. Então, ela pôs a mão na boca e esticou o chiclete. Exatamente quando pensei que ele iria arrebentar, ela parou de puxar e começou a enrolá-lo no dedo. (Sei que é nojento o que ela fez, mas às vezes faço isso também, só que quando estou sozinha. Jamais faria isso em uma lanchonete lotada.) Verônica olhou para ela furiosa.

— Alice, que horror! Pare de fazer isso imediatamente!

Alice sorriu.

— Claro, mãe. Você é quem manda.

Ela desenrolou o chiclete do dedo e o pôs de volta na boca. Aí, começou a fazer uma bola gigante, a maior que eu já tinha visto. Ficou com aquele enorme e brilhante balão rosa na frente do rosto. Soprou mais uma vez, e a bola estourou grudando na cara dela, fazendo-a parecer alguém que tivesse sofrido um terrível acidente. Ela deu um sorrisão, e começou a desgrudar o chiclete sem a menor pressa.

Verônica estava vermelha.

— Alice O'Rourke! Livre-se deste chiclete. Agora!

— Como quiser, mamãezinha querida.

Alice fez uma bolinha com o chiclete e o grudou embaixo da mesa.

— Pronto. Sumiu. Está feliz agora?

— Estou — respondeu Verônica, lançando um olhar ainda mais furioso para Alice.

— Ótimo — disse Alice, sorrindo. — Mas não me deixe esquecê-lo quando estivermos indo embora. Só estou com ele há dois dias.

Ela se virou para Norman.

— Você não acha horrível perder um chiclete que ainda dá para mastigar por horas? — perguntou ela.

Norman deu uma risadinha, mas parou quando viu a cara que Verônica estava fazendo. Então, resolveu voltar a atenção para Jamie.

— E aí, garotão, não vai comer um pão doce?

Jamie lhe deu um sorriso radiante, pegou um pão e tentou enfiá-lo inteiro na boca. Nem mesmo minha irmãzinha Rosie teria feito isso. Às vezes, Jamie parecia o menino de 5 anos menos maduro da face da Terra — talvez fosse assim por causa da confusão daquela família dele.

De qualquer forma, não se saiu muito bem na tentativa de comer o pão inteiro de uma vez só. Ele espalhou creme e farelo pela cara e ainda sujou a roupa. Verônica pegou um guardanapo e fez o melhor que pôde para limpá-lo. Assim que ela terminou de fazer isso, Jamie se esticou e pegou outro pão, que teve o mesmo destino do anterior.

Era horrível. Eu tinha saído com aquela família infernal. Baixei a cabeça para tomar meu chocolate quente e fingi que estava em outro lugar. Podia ser qualquer lugar do mundo: em casa esvaziando a lava-louças, no médico cauterizando uma verruga, até mesmo na escola eu estaria melhor que ali.

Ergui os olhos e vi que Alice coçava a cabeça freneticamente. Apesar de ainda estar com medo e envergonhada, acabei rindo. Não havia a menor dúvida de que ela era criativa. Verônica ficou observando, sem dizer nada. Norman olhou para Alice bem de pertinho e caiu feito um pato em sua armadilha.

— Tem algo de errado com a sua cabeça?

Alice deu de ombros.

— Nããão. Claro que não. São só piolhos. Jamie e eu pegamos piolho sempre. Não é nada de mais.

Verônica se aproximou mais da filha.

— Alice, mais tarde vou cuidar de você — avisou ela, com os dentes cerrados.

Alice sorriu para ela.

— Obrigada, mãe. Mas acho que estamos sem xampu para matar piolho. Não usamos o último frasco outro dia? — Depois, virando-se para Norman, acrescentou: — Usamos vários litros desse xampu. Mamãe deveria comprar um balde logo de uma vez.

Norman se afastou dela com uma expressão de nojo no rosto.

— Isso deve ser bem desagradável.

Alice deu de ombros.

— Que nada, você acaba se acostumando. E não é tão ruim. Não é tão ruim quanto pulgas, por exemplo. De qualquer forma, Jamie e eu estamos acostumados a coisas ruins, já que sempre estamos doentes.

O pobre do Norman foi afastando a cadeira devagar.

— Eu sinto muito mesmo, Norman — disse Verônica. — Não sei o que deu nela. Geralmente não é assim.

Alice deu uma sonora gargalhada.

— É, geralmente sou pior. Mas, por sorte, tomei meu remédio antes de sair de casa.

Agora as pessoas das mesas próximas estavam começando a nos olhar fixamente de novo. Aposto que pensavam em como ia ser divertido contar para a família a história daqueles doidos que tinham visto na lanchonete. Norman, ligeiramente afastado de nós, estava com uma expressão intrigada no rosto. Já Verônica parecia branca de raiva, mas eu sabia que ela não podia fazer nada. Com certeza tinha medo de chamar a atenção de Alice de novo e ela piorar ainda mais.

Neste momento, Jamie pegou o último dos pães. Enquanto nós todos estávamos concentrados em Alice, ele quase conseguiu acabar com a bandeja inteira. Tudo bem que metade de cada pão doce devia estar lambuzando seu rosto e suas roupas, mas, mesmo assim, a barriga do Jamie devia estar empanturrada.

Verônica fez um carinho na cabeça dele.

— Jamie, querido, não acha que já comeu demais? — disse ela. — Por que não deixa esse aí na bandeja?

Ele olhou para Verônica por um instante e então deu o maior grito, no melhor estilo Jamie.

— Nããããão! Eu quero pão. Eu querooooo!

Verônica retrucou suavemente, apesar de estar com uma expressão desesperada no rosto.

— Por que não o embrulhamos num belo guardanapo limpinho e o levamos para você comer mais tarde?

— *Nããããããããããão*!

Desta vez o berro foi ainda mais alto, ainda mais longo. Agora até as pessoas do outro lado da lanchonete estavam olhando para nós. Eu olharia também, se não estivesse bem no meio daquela cena horrível. Olhei para Alice. Ela estava com um sorriso de orelha a orelha como se nunca tivesse se divertido tanto na vida.

— O bom e velho Jamie — sussurrou no meu ouvido. — Ele nem sabe que estamos tentando afugentar o Norman, e mesmo assim está ajudando a fazer isso.

— É, isso é ótimo — sussurrei também. — Estou muito feliz por você. Agora podemos ir embora? Você certamente já assustou bastante o coitado do homem.

Ela deu um largo sorriso.

— Logo, logo vamos embora, prometo.

Jamie ainda estava gritando e tentando agarrar o pão doce que Verônica, de alguma forma, tinha conseguido arrancar da mão dele. Aposto que ela já devia estar arrependida de não ter deixado Jamie comer o pão, mas agora não ia querer voltar atrás na frente do Norman. Apesar dos mais ou menos dez anos de atraso, ela agora queria parecer uma supermãe, que controlava muito bem os filhos.

— Querido, sinto muito, mas você não pode comer esse. Você já comeu muito. Está querendo ficar doente, é?

Dizer isso sem dúvida foi um erro, porque, exatamente no momento em que ela pronunciou essas palavras, Jamie tossiu como se estivesse engasgado e vomitou um grande pedaço de pão misturado ao sucrilho que ele tinha comido de manhã. Foi asqueroso. Parecia uma cena de um filme nojento de terror. A coisa marrom e viscosa melecou toda a roupa e se espalhou pela mesa. Alice e eu somos experientes irmãs mais velhas, portanto, sabemos exatamente o que fazer nessas horas. Nós duas nos levantamos de um salto e nos afastamos para fugir da linha de fogo. O pobre Norman não tinha tanta prática assim. Ele chegou mais perto.

— Ô pequeno camarada, você...

Nem acabou a frase e Jamie deu outra grande golfada. Dessa vez o que ainda estava lá dentro do estômago do Jamie saiu como uma explosão, indo parar no terno do Norman.

Verônica pegou um guardanapo e tentou limpar o paletó dele. Foi patético. Era como usar um lenço para conter uma onda gigante. O cheiro agora estava ficando mais e mais forte, e as pessoas ao nosso redor começaram a se levantar para ir embora.

Verônica ficou se desculpando.

— Norman, sinto muito. Sinto muito mesmo.

Desculpou-se diversas vezes, mas Norman não parecia estar escutando. Parecia ocupado demais tentando evitar que aquele jato de vômito caísse em seus sapatos.

De repente, Verônica virou-se para Alice.

— Sua... sua...

Deve ter pensado em várias palavras que gostaria de usar para xingar a filha nesse momento, mas nenhuma que quisesse dizer na frente do Norman.

— Leve seu irmão para casa e dê um banho nele. Vejo vocês mais tarde.

O jeito que ela disse isso me deixou apavorada, mas Alice estava querendo desafiar mesmo.

— Claro, mãe. Como eu já disse, você é quem manda.

Então, aproximou-se da parte sem vômito da mesa e recuperou o chiclete que tinha grudado ali.

— Não posso me esquecer disso, né?

Antes que Verônica tivesse tempo de responder, ela pegou Jamie pelo braço, e saímos da lanchonete. Enquanto íamos para casa, Jamie começou a resmungar de novo.

— Estou sendo bonzinho, não estou? Posso comer o pão doce agora?

Capítulo dezenove

Algumas pessoas ficaram nos olhando de forma estranha no caminho de casa. Alice estava eufórica, como se tivesse ingerido alguma droga proibida. Estava flutuando e com um brilho engraçado nos olhos. Eu não queria falar com ela. Não sabia o que lhe dizer quando a via desse jeito. Pela milionésima vez naquela semana, desejei estar em casa com minha mãe, meu pai e Rosie. Podia até ser chato, mas, depois dessa confusão toda, um pouco de chatice seria ótimo para mim.

Alice ia arrastando Jamie a seu lado. Ele ainda choramingava, mas estava mais calmo agora, como se tivesse gastado as pilhas. Lágrimas e meleca escorriam pelo seu rosto, e suas roupas ainda estavam cobertas de vômito. Fui arrastando os pés atrás deles, não porque realmente quisesse, mas porque não conseguia pensar em nada melhor para fazer.

Paramos para atravessar uma rua, e uma senhorinha se aproximou de nós.

— O que está acontecendo aqui? O que houve com esse pobre menininho? — quis saber ela.

A velhinha devia estar pensando que tínhamos raptado Jamie. Aí, fiquei pensando por que alguém ia querer raptar uma criatura tão imunda, quando havia outras bem mais limpas nas redondezas.

Alice olhou para a senhorinha com uma cara brava e abriu a boca. Antes que pudesse dizer qualquer coisa, eu a cutuquei, fazendo-a parar. Já estávamos com problemas demais.

Então, dei meu melhor sorriso, aquele que os adultos geralmente adoram.

— Está tudo bem. É sério — respondi. — Ele é o irmão mais novo da minha amiga. Saímos com sua mãe, mas ele ficou enjoado. Então, ela pediu que a gente o levasse para casa e lhe desse um banho.

Eu não estava mentindo.

A senhorinha ainda parecia meio desconfiada e se aproximou de Jamie. Será que com aquela idade ela já tinha perdido o olfato? Eu não conseguiria chegar tão perto dele assim. Ela apontou para Alice, que estava quieta, pelo menos desta vez.

— É sua irmã? — perguntou.

Jamie fez que sim com a cabeça.

— Então por que você está chorando tanto?

— Por que quero outro pão doce.

Sorri para a senhora novamente.

— Humm. Podem ir, então. Tenham um bom-dia.

Fomos embora, mas eu duvidava que fôssemos ter um bom dia.

***

Finalmente, chegamos ao apartamento. Alice correu lá para dentro e pegou um enorme saco plástico. Fez Jamie tirar a roupa no corredor e pôs toda a roupa dele dentro do tal saco, amarrando-o firmemente e jogando-o na cozinha. Então, levou Jamie para o banheiro, e escutei a água correndo. Ouvi quando ele entrou no banho, ainda resmungando um pouco. Alice apareceu de novo no corredor. Abriu um armário e pegou uma toalha. Ela já estava voltando para o banheiro quando a detive.

Eu estava muito, muito chateada. Não queria brigar com ela. Não gosto mesmo de brigas, especialmente com Alice. Mas, dessa vez, ela havia ido longe demais. Eu precisava dizer alguma coisa. Só não estava bem certa do que deveria ser dito.

Pensei por um instante e então respirei fundo.

— Alice, ééé... — comecei.

Ela me olhou irritada.

— O que está querendo dizer, Megan? Tenho que dar banho em Jamie.

Respirei fundo mais uma vez.

— Como... como você pôde fazer isso? — continuei.

Ela deu de ombros.

— Fazer o quê?

— Você sabe muito bem.

Ela deu de ombros novamente.

— Não sei do que você está falando.

Essa coisa de ficar dando de ombros me tirou do sério. Como Alice podia estar tão calma depois de tudo que tinha acontecido? Fiquei realmente furiosa, e nessa hora soube exatamente o que queria dizer.

— Você é horrível! Você foi muito, muito má com Jamie. Outro dia o encheu daquelas balas asquerosas e agora o deixou passando mal desse jeito. Isso é de uma crueldade impressionante. Você não pode tratar seu irmão desse jeito.

Ela cruzou os braços e ficou me encarando. Eu podia ver que ela estava zangada também. De repente, fiquei com medo. Alice e eu nunca tínhamos tido uma briga séria como essa, até porque eu sempre cedia antes de chegar a esse ponto.

Alice assumiu aquele tom desafiador.

— É tudo por uma boa causa. Me livrar de Norman é para o bem do Jamie também. No fim, ele vai acabar me agradecendo. Todo mundo vai me agradecer no final das contas. Espere e verá.

Abri a porta do banheiro e dei uma espiada.

— Olhe, Al. Olhe só para ele.

Alice olhou. Jamie estava sentado na banheira, apertando um pequeno dinossauro de borracha. Ainda soluçava. Ergueu os olhos para a irmã e chorou um pouco mais.

— Está tudo bem, Jamie — disse eu, sorrindo para ele. — Vai ficar tudo bem agora.

O choro diminuiu um pouco. Fechei a porta novamente e continuei discutindo com Alice.

— Não é justo. Você *sabe* que não é justo.

Ela deu de ombros novamente.

— E o que você sabe? Ele é meu irmão, não seu. É fácil me criticar; você que tem pais adoráveis e uma irmãzinha fofa, todos vivendo felizes para sempre em Limerick. Vamos, diga, Megan, o que você sabe?

— Eu sei que mesmo que meus pais se separassem e eu tivesse que deixar minha casa e todos os meus amigos, mesmo assim, eu nunca trataria Rosie como você tratou Jamie — respondi com toda calma. — Ele só tem 5 anos, Alice. É praticamente um bebê. Se você tiver que lutar, lute, mas deixe ele fora disso.

Alice me lançou um olhar feroz.

— Você não sabe de nada, Megan Sheehan. Nada mesmo. E quer saber? Eu *odeio você*!

Então ela entrou no banheiro e bateu a porta.

Capítulo vinte

Comecei a chorar. Não pude evitar. Corri para o quarto da Alice, deitei em sua cama e chorei tanto que ensopei o travesseiro. Então, levantei, peguei minha mochila do armário e comecei a guardar minhas coisas. Eu podia pegar um ônibus para a estação e voltar para casa no trem seguinte. Não gostava da ideia de ficar andando por Dublin sozinha, mas continuar ali seria ainda pior. Eu precisava sair daquele lugar, e quanto mais cedo melhor. Alice era minha melhor amiga, mas lealdade tem limite. Estava me sentindo perdida, sem saber o que fazer. Passei pelo corredor na ponta dos pés, pois não queria falar com ela de novo. Não sabia nem se queria vê-la de novo. Fiz tudo o que pude, mas, ultimamente, quando Alice estava por perto, as coisas ficavam muito complicadas.

Eu podia deixar um bilhete na cozinha. Podia dizer que estava com saudades de casa e queria voltar. Seria só parte da verdade, mas não chegava a ser uma mentira. Queria voltar para casa como nunca pensei que fosse querer.

Fui andando bem de mansinho pelo corredor, contente porque o grosso tapete branco abafava meus passos. Quando passei pelo banheiro, ouvi Alice falando suavemente com Jamie.

Seu choro aos poucos tinha parado. Pude ouvir os respingos da água e uns risinhos dele. Depois, ouvi Alice cantando baixinho uma musiquinha que cantávamos quando ele era bebê. Fiquei escutando um pouco. A vozinha de Jamie se juntou a de Alice, que não era lá essas coisas.

Então, a porta se abriu. Eu me encolhi para me esconder atrás dela. Alice e Jamie saíram do banheiro. Ele estava todo enrolado numa toalha azul bem macia. Alice o levou até o quarto e pôs o pijama nele. Os dois voltaram pelo corredor e se dirigiram para a sala. Espiei por trás da porta do banheiro. Vi Alice ajeitando uns cobertores para Jamie no sofá e lhe dando seu coelhinho de pelúcia predileto. Ela pôs também um DVD e até o beijou na bochecha com todo carinho.

— Bom menino, Jamie. Fique aí quietinho e assista seu DVD. Se precisar de alguma coisa é só me chamar.

— Tá bem, Allie — disse ele, sorrindo para a irmã.

Ali, deitado de costas nos cobertores, chupando o dedo, ele até parecia doce e fofinho.

Alice saiu da sala e passou pelo corredor. Fechou a porta do banheiro, e fiquei me sentindo um pouco idiota ali em pé, sem nada para me esconder. Ela me olhou por um minuto, e depois me deu um abraço.

— Você estava certa, Meg. Fui uma peste com Jamie. Fiquei tão envolvida com meus próprios planos que esqueci que isso tudo seria terrível para ele. Jamie não merece isso. Vou tentar me redimir.

Sorri e tentei enxugar as lágrimas que começavam a brotar novamente.

— Fico contente, Al. Fico mesmo.

Alice prosseguiu.

— E também sinto muito pelo que eu disse há pouco. Não odeio você. Nunca poderia odiar você. Você é a melhor amiga que alguém poderia ter.

Neste momento, ela viu minha mochila.

— Para que é isso? Está indo embora?

Fiz que sim com a cabeça.

Alice suspirou.

— Não culpo você. Se estivesse no seu lugar, eu já teria ido há séculos. Você foi maravilhosa por ficar tanto tempo.

Tirei um lenço do bolso. As lágrimas tinham se multiplicado tanto que não havia mais por que fingir. Enxuguei os olhos.

— Sinto muito, Al. Sinto mesmo. Quero ajudar você, mas não sei como. É tudo tão difícil... eu só...

Alice sorriu, mas pude ver lágrimas em seus olhos também.

— Tudo bem, Meg. Vai ficar tudo bem. Não se preocupe comigo.

Tentei sorrir.

— Com certeza você deve ter conseguido se livrar do Norman. Ele nunca mais vai querer chegar nem perto dessa família depois de hoje, mas sua mãe vai te matar.

Ela deu de ombros.

— Felizmente minha mãe não acredita em punições físicas, então, o que poderia ser tão ruim? Ela vai me botar de castigo para sempre, vou ficar emburrada por um tempo e, no final das contas, tudo isso vai passar. Vamos, levo você até o ponto de ônibus.

Peguei minha mochila e a segui pelo corredor.

— O que vai dizer a sua mãe? Ela vai querer saber por que fui embora.

— Vou dizer que você teve uma súbita crise de apendicite — respondeu Alice, depois de pensar por um momento.

Então rimos. Um riso que era feliz e triste ao mesmo tempo e que me fez me sentir um pouco melhor.

Alice olhou para a sala.

— Jamie, volto em cinco minutos. Não atenda à porta. Estou com a minha chave. Está bem?

Ele levantou os olhos e fez que sim com a cabeça.

Descemos as escadas e saímos pelo estacionamento. Duas meninas da nossa idade passavam por ali. Conversavam e riam. Eram meninas normais e felizes. Queria ser como elas. Queria que Alice fosse como elas.

Alice e eu não falamos nada. Ela foi na frente em direção ao ponto de ônibus que ficava bem ali do outro lado da rua, e checou o horário.

— Tem um ônibus para a estação Heuston em dez minutos. E saem muitos trens à tarde. Você estará em casa antes do lanche. Se tiver sorte, talvez sua mãe tenha feito sopa de espinafre orgânico!

Ela se virou de repente, mas não tão depressa assim que eu não pudesse ver as lágrimas escorrendo pelo seu rosto. Sem olhar para mim, me deu outro abraço apertado.

— Tenho que ir. Não posso deixar Jamie sozinho por muito tempo.

Então atravessou a rua e entrou pelo portão do prédio.

Abotoei meu casaco. Ainda estava frio. Olhei as horas. Minha mãe ficaria surpresa em me ver em casa tão cedo. Queria que ela não me fizesse muitas perguntas constrangedoras. Eu tinha que me lembrar de comprar umas balas para Rosie quando chegasse à estação. Só precisava tomar cuidado para não levar das vermelhas ou laranjas. Talvez Grace e Louise quisessem ir ao cinema no dia seguinte. Poderíamos ver o filme que nunca consegui fazer Alice ver comigo.

Por alguns minutos, tentei pensar só em coisas boas lá de casa, mas acabava pensando em Alice. Ela estava toda infeliz e bem encrencada agora, com um problemão. Que tipo de amiga eu seria se desistisse dela tão facilmente?

Levantei a cabeça e vi o ônibus vindo em minha direção. Tudo o que eu tinha que fazer era levantar a mão e ele pararia e me levaria embora dali. Em algumas horas eu estaria em casa.

Então pensei em Alice de novo. Eu podia não conseguir fazer muita coisa para ajudar, mas, talvez, só de estar com ela já bastasse.

O ônibus passou por mim. Peguei minha mochila e atravessei a rua novamente. Uma mulher estava saindo do prédio naquele momento e segurou o portão para mim. Entrei e subi a escada. Toquei a campainha. Depois de um instante a porta se abriu e Alice apareceu na minha frente.

— Pensei que fosse minha mãe — disse ela.

— Posso entrar? — perguntei, sorrindo.

Ela sorriu também.

— Megan, nunca, jamais vou me esquecer disso.

— Tenho uma sensação estranha de que eu também não — disse eu, rindo mais ainda.

Alice me abraçou, e entramos para esperar Verônica.

Capítulo vinte e um

Não tivemos que esperar muito. Alice e eu estávamos nos acomodando na sala com Jamie quando escutamos o barulho de chave no corredor. Senti um frio na espinha. De repente, tive aquela horrível sensação nos dentes de quando o professor acidentalmente passa a unha no quadro-negro. E fiquei tentada a correr e me esconder debaixo da cama da Alice. Aí pensei que se era para fazer isso, teria sido melhor ter levado adiante aquela história de pegar o trem para Limerick. Então fiquei corajosamente sentada onde estava.

A porta se abriu bem devagar. Escutei o barulhinho das chaves quando Verônica as colocou sobre o aparador. Escutei a porta do lavabo abrir e fechar; só depois disso tudo é que a porta da sala se abriu e Verônica apareceu.

Houve um looooooooooooongo silêncio. Parecia o clímax de um filme de terror — com o som desligado. Verônica ficou de pé no vão da porta, examinando a sala. Olhou para mim, depois para Jamie, e finalmente para Alice. Ficou olhando para Alice por um bom tempo, quase uns vinte minutos. Foi um olhar tão frio que me fez ter a certeza de que Alice desapareceria numa nuvem de fumaça. Naquela hora, eu mesma teria sumido de muito bom grado. Mas Alice não parecia nem assustada. Minha corajosa amiga bobona encarava diretamente a mãe. Até Jamie percebeu que havia algo de errado. Ele parecia amedrontado e se manteve sentado, em silêncio, chupando o dedo vigorosamente.

Até que, quando eu já achava que estávamos fadados a ficar naquela situação para sempre, Verônica falou. Sua voz estava baixa. Assustadoramente baixa.

— Pode me explicar que *diabos* foi aquilo tudo?

Alice continuava olhando fixo para ela. Não me espanta que tenha ganhado todas as competições de sério de que participamos na escola.

— Aquilo tudo o quê?

— Aquela, aquela... Aquela verdadeira exibição de baixarias na lanchonete! — exclamou Verônica, com a voz ligeiramente mais alta agora.

— Ah, aquilo — disse Alice com um tom displicente. — Só quisemos nos juntar a vocês para tomar um gostoso chocolate quente. O que há de errado nisso?

Verônica franziu as sobrancelhas.

Olhei para as minhas mãos, que estavam tremendo de verdade e tive que me sentar sobre elas para fazêlas parar. Mas Alice ainda não parecia estar com medo. Era óbvio que ela era ainda mais durona do que eu pensava.

— Não é minha culpa que Jamie tenha vomitado — disse ela. — Nem você pode me culpar por isso. Norman não deveria ter comprado todos aqueles pães doces. Parece que ele não entende muito de crianças, não é?

Verônica deu um pequeno passo à frente. Sei que bater em crianças é errado, ilegal e tudo o mais, mas até eu podia ver que ela devia estar bem tentada a bater na filha naquela hora. Alice olhava para Verônica como se tivesse acabado de ler *Como enlouquecer inteiramente a sua mãe*. Vi que Verônica tinha cerrado os punhos até as juntas ficarem brancas. Suas lindas unhas pontudas deveriam estar furando as palmas de suas mãos.

Aquilo tudo terminaria em lágrimas?

Em derramamento de sangue?

Apareceríamos no noticiário daquela noite?

Comecei a recitar a tabuada de nove mentalmente, na tentativa de não participar de tudo que estava acontecendo a minha volta. Como de costume, empaquei em nove vezes oito. Recomecei do início.

Estava em nove vezes seis, quando, para meu enorme alívio, Verônica recuou. Ela abriu as mãos, arrumou o cabelo e respirou fundo.

— Alice O'Rourke, diga-me o que estava acontecendo. Agora.

A voz baixa tinha voltado.

Alice apenas olhava fixamente para a mãe, enrolando uma mecha de cabelo, sem dizer nada. Tive vontade de ir lá bater nela pessoalmente. A verdade ia acabar tendo que ser dita, então, de que adiantava toda essa embromação? Só pioraria tudo no fim das contas. De repente, Jamie começou a chorar.

— Alice não quer que você tenha um namorado — disse ele, em meio aos soluços. — Ela queria que ele fosse embora. Ela disse pra Megan. Eu ouvi. Ela disse que seria tão má que seu namorado iria embora pra nunca mais voltar. Nunca mais.

Soltei a respiração. Bem, pelo menos estava dito. A espera finalmente tinha acabado. Agora havia chegado a hora da grande explosão.

Os olhos de Alice piscaram levemente, mas sua expressão não mudou. Olhei para Verônica. Ela estava com as mãos tapando a boca, por isso, tudo que eu pude ver foram suas longas unhas vermelhas perigosamente próximas dos seus olhos. Se de repente fizesse um movimento qualquer, poderia furar um olho sem querer. Então, ela se inclinou para a frente, e seus cabelos dourados taparam-lhe o rosto. Um grunhido horrível saiu da sua boca. Era um som que eu jamais pensei escutar vindo da elegante Verônica. Ela não ergueu os olhos e, ao falar, sua voz era a de quem estava chorando.

— Alice, por favor, diga-me que isso não é verdade.

Alice se sentou. A cara emburrada tinha sumido. Vi que ela estava com medo. E se Alice estava com medo, eu sabia que era para eu ficar com mais medo ainda. Verônica sempre foi controlada e, se isso mudasse, podíamos esperar qualquer coisa. Cutuquei Alice.

— Diga a ela, Al. Por favor — sussurrei. — Ela já sabe mesmo e não tem como as coisas ficarem piores. Seja corajosa e diga a verdade.

Alice se levantou, foi até a janela e olhou para fora. Começou a falar de costas para nós, com uma voz morta e inexpressiva. Parecia até que tinha treinado para esse momento.

— Desculpe, mãe. O que Jamie disse é verdade. Mas não fique brava. Fiz isso pela nossa família. Não foi só por minha causa. Você não precisa de um namorado. Você tem Jamie e eu. Eu tinha que me livrar do Norman. Não tive escolha. Você não consegue entender? Fiz isso por todos nós.

Verônica ainda estava de cabeça baixa. Tudo o que eu podia ver era seu belo cabelo, tremendo um pouquinho. Ela não respondeu. Isso deixou Alice realmente irritada. Ela se virou e caminhou até Verônica e pegou-a pelos ombros.

— Mãe, escute, por favor — gritou ela. — Fiz o que devia ser feito. Salvei nossa família. Não fique zangada comigo, por favor.

Finalmente Verônica levantou a cabeça. Tinha o rosto pálido. O batom estava levemente borrado e o rímel se espalhou de tal forma em volta dos olhos que a fez ficar meio parecida com um urso-panda.

— Zangada? — disse ela. — Não estou zangada.

Alice deu um passo para trás. Sua raiva tinha se transformado em medo novamente.

— Mas eu botei seu namorado para correr! — disse, suavemente.

Verônica respirou fundo.

— Alice, querida, esta é a coisa mais engraçada que ouvi nos últimos anos.

Então, entendi tudo. As lágrimas que escorriam pelo rosto de Verônica não eram de tristeza ou de raiva. Eram de tanto rir. Eu não tinha ouvido ninguém dizer nada engraçado, mas, por algum motivo que eu não conseguia entender, Verônica estava rindo de nós.

Capítulo vinte e dois

Alice olhou para mim fazendo uma cara de quem não estava entendendo nada. Balancei a cabeça. Também não sabia o que estava acontecendo. Talvez Verônica estivesse ficando louca.

Alguém devia chamar um médico?

Esse alguém era eu?

Toda crise precisa de alguém sensato e, infelizmente, eu não conseguia ver nenhum outro voluntário. Fiquei me perguntando se deveria me oferecer para fazer um chá quente e doce para Verônica, daqueles que são feitos nos filmes quando alguém está em estado de choque.

Ou será que eu devia dar um tapa na cara dela?

Se fizesse isso, ela me perdoaria algum dia?

Ou me daria outro tapa? Ah, mas nesse caso, seria injusto.

Alice se sentou no sofá e ficou vendo a mãe se recuperar lentamente. Jamie ainda chupava o dedo. Parecia assustado. Dei um sorrisinho para ele, meio que para garantir que tudo ficaria bem. Queria poder acreditar nisso.

Verônica ainda deu uma risada e tirou um lenço do bolso para enxugar os olhos. Veio se sentar ao lado da Alice e pôs a mão no ombro da filha. Alice empurrou a mão da mãe e se afastou, indo para a outra ponta do sofá. Verônica falou bem baixinho. Tão baixinho que tive que me inclinar para a frente para ouvi-la.

— Alice, querida, acho que você entendeu errado. Sabe, Norman...

Alice a interrompeu.

— Ah, não se preocupe, mãe — disse ela, com uma voz alta e fria. — Já entendi. Entendi tudo muito claramente. Mais claramente do que você pode imaginar. Ouvi você sussurrar ao telefone com Norman todas as noites. Vi você comprando todas aquelas roupas e perfumes novos. Vi seu diário secreto. E até vi você se encontrando com ele no "lugar de sempre". Também vi vocês se beijando. Não precisa me dizer o que tenho que entender.

Então, Verônica a interrompeu. Parecia querer rir novamente. E achei melhor recomeçar a recitar mentalmente a tabuada do nove.

— Você me viu beijando? Beijando o Norman?

Ou Verônica estava genuinamente muito surpresa ou ela era uma ótima atriz.

Alice deu de ombros.

— Bem, na realidade foi Megan quem viu isso, mas e daí? Foi um beijo, não foi?

Verônica olhou na minha direção.

— Megan?

Balancei a cabeça toda triste. Eu tinha ficado em Dublin para ajudar Alice, mas isso estava indo longe demais. Não me envolveria nessa história de Verônica ter ou não ter beijado Norman. Era tudo muito maluco para mim.

Alice me salvou.

— Foi na segunda-feira. Você estava na lanchonete. Norman chegou e vocês se beijaram.

Verônica sorriu. Por sorte ela não perguntou como a tínhamos visto na lanchonete na segunda-feira.

— Na verdade, você está certa — disse ela. — Provavelmente nos beijamos mesmo.

Alice perguntou, horrorizada.

— Quer dizer que você não vai nem negar?

Verônica deu um sorriso gentil.

— Por que negar? É verdade.

Alice respirou fundo e abriu a boca, mas não saiu som algum. Aí, fechou e a abriu novamente. Ela estava parecendo um peixinho dourado que eu tinha, mas esse era um pensamento tão malvado que resolvi tentar afastá-lo da minha mente.

Então, Verônica continuou.

— Alice, por favor, me escute. Beijei Norman, mas não é o que está parecendo. Ele é assim mesmo. Eu já o vi beijar um monte de gente. Isso não significa nada. É só por etiqueta. Para ele é como se fosse um aperto de mão. Mas, de qualquer forma, essa não é a questão. A questão é que Norman não é meu namorado...

Por um instante eu me perguntei se ele não teria terminado com ela por causa do comportamento da Alice. Mas Verônica parecia ter a mesma capacidade de ler os pensamentos que a filha tinha.

— ...ele nunca foi meu namorado.

Alice abriu e fechou a boca mais algumas vezes, e algumas palavras acabaram saindo.

— Verdade?

Verônica fez que sim com a cabeça.

— Eu não mentiria para você sobre algo tão sério como isso.

— Mas e as ligações, os encontros? O que era aquilo tudo? — perguntou Alice, com cara de intrigada.

Verônica sorriu para ela, e mais uma vez pôs a mão no ombro da filha. Só que dessa vez Alice não a afastou.

— Era trabalho. Só isso. Norman está me ajudando.

Alice parecia intrigada.

— Ajudando com o quê?

Verônica pareceu levemente desconfortável.

— Bem, ele está... ele está... éééé... bem...

Eu nunca tinha visto Verônica ficar empacada com as palavras. Alice a provocou gentilmente.

— Ele está o *quê*, mãe?

Verônica suspirou e respondeu em voz baixa.

— Norman é o meu *life coach*, uma espécie de treinador, só que não é para fazer exercícios, mas para ajudar a resolver problemas pessoais.

Capítulo vinte e três

Agora era Alice quem estava rindo.

— Sinto muito, mãe, mas isso é totalmente ridículo. Você não precisa de um cara desses.

— Alice, querida, a vida não é sempre tão simples como você acha que é. Os adultos às vezes...

Ela parou e olhou na direção do Jamie. Ele tinha pegado no sono no meio de toda aquela discussão. Ela se levantou, cobriu o filho com um cobertor e aninhou o coelhinho junto dele. Depois ficou fazendo um cafuné no cabelinho do menino por um tempão.

— Afinal, o que um sujeito desses faz? — perguntei a Alice, sussurrando.

Ela me olhou surpresa.

— Você não assiste televisão, não? Esses caras cuidam da sua vida se você não é competente o bastante para cuidar dela sozinho.

Verônica estava de volta.

— Eu ouvi, mocinha.

Mas disse isso rindo, o que me fez perceber que ela não tinha se importado. Sentando-se ao lado da Alice, retomou de onde tinha parado.

— Como eu disse, a vida não é sempre tão simples como você acha que é. E minha vida tem sido muito difícil ultimamente. Eu...

Alice a interrompeu.

— É? Mas isso é culpa sua. Foi você quem deixou meu pai. Foi você quem nos arrastou para longe de todos os nossos amigos. Foi você quem...

Ela parou e começou a chorar convulsivamente.

— Ah, minha filhinha — disse Verônica, inclinando-se para segurá-la nos braços. Ficou fazendo cafuné e embalando Alice enquanto dizia: — Não, não chore, não chore mais.

Alice não parava. A linda blusa rosa da Verônica estava ficando ensopada com as lágrimas da Alice. E ela nem parecia se importar.

Eu estava sem graça. Elas ficariam bem sozinhas. Eu não tinha mais nada que fazer ali. Agora que ninguém mais corria o risco de ser assassinado, eu podia perfeitamente deixar as duas sozinhas.

Eu me levantei e me dirigi para a porta na ponta dos pés. Verônica fez um sinal indicando que era para eu voltar para meu lugar.

— Você pode ficar também, Megan. Você faz parte disso.

Não queria meeeesmo fazer parte daquilo, mas não tive coragem de desobedecer. Então me sentei numa cadeira no canto e fingi que estava lendo uma revista enquanto a família O'Rourke tentava resolver seus problemas.

Demorou uma eternidade para Alice parar de chorar, mas, depois de um tempo, seus soluços foram diminuindo até que pararam de vez. Verônica continuou a embalá-la por um tempo, consolando-a como se ela fosse um bebê. Muito, muito tempo depois, Alice se sentou e enxugou os olhos. Ainda estava de mãos dadas com Verônica. Eu não a via fazer isso desde que tínhamos uns 5 anos.

Verônica sorriu para ela.

— Vai me escutar um pouco e tentar entender?

Alice fez que sim.

Verônica respirou fundo e começou.

— Seu pai e eu já não éramos felizes juntos há muito tempo. Foi tudo culpa minha. Ele me amava. Você e Jamie me amavam, e isso deveria ser suficiente, mas nunca era. Eu passava horas no cabeleireiro, na manicure e nas lojas, mas nenhuma dessas coisas me fazia feliz e por isso decidi ir embora. Mas eu nunca imaginei que isso podia machucar tanto vocês. Nunca imaginei que você ficaria tão sozinha, tão triste. Assim como nunca imaginei que Jamie ficaria tão chateado e se tornaria tão malcriado. Também não pensei que isso ia ser tão difícil para o seu pai. E ainda estou entediada e infeliz, mas agora todos estão infelizes também. Você consegue entender isso?

Alice fez que sim novamente.

— Mas onde Norman entra nessa história toda?

— Bem, uma das minhas amigas me falou dele. Você tem razão, ele ajuda pessoas incompetentes como eu a pôr suas vidas em ordem. Ele me faz pensar a respeito das minhas escolhas e decidir qual o próximo passo a ser dado. Ele me passa pequenas tarefas para fazer, uns deveres de casa, e tenho que registrar num diário todas as coisas que eu fizer direito.

Não consegui deixar de rir por dentro. A pobre da Alice achava que a mãe estava registrando seus encontros românticos, quando, na verdade, o que ela estava fazendo era dever de casa para o seu "conselheiro"!

Verônica continuou.

— Então ele checa para ver como eu me saí.

Alice se ajeitou e perguntou:

— Era por isso que você precisava se encontrar com ele todos os dias?

Verônica assentiu.

— Isso mesmo. Nós nos encontrávamos e discutíamos o que eu iria fazer. Uma vez ele me mandou ir trabalhar num bazar de caridade uma tarde inteira. Ele...

Alice a interrompeu.

— E a ida ao cinema?

Engoli em seco. Verônica não sabia que a tínhamos visto no cinema com Norman, e eu adoraria que as coisas continuassem assim. Por sorte, Verônica pareceu não notar o deslize de Alice.

— A ida ao cinema foi outra das tarefas de Norman — respondeu ela, sorrindo. — Como eu disse naquele dia, era um filme sobre uma mulher que conseguiu dar a volta por cima. Eu disse a Norman que ir ao cinema sozinha me deixaria muito triste, por isso ele foi comigo. Embora eu devesse fazer essas coisas sozinha.

— Que tipo de coisas? — perguntou Alice, agora parecendo realmente interessada.

— Bem, outro dia tive que visitar um museu e imaginar como seria trabalhar lá. Uma vez tive que tentar passar um dia inteiro sem gritar com você e Jamie. — Ela deu um pequeno sorriso. — Mas não consegui passar nesse teste.

Alice riu, e Verônica continuou.

— Então, à noite...

Alice a interrompeu novamente.

— Então à noite, Norman liga para saber como você se saiu.

— Exatamente. É por isso que ele tem ligado. Sei que poderia ter nos poupado de muita confusão se tivesse contado o que estava fazendo, mas não sabia exatamente como falar disso. Tinha medo de que você pensasse que eu era muito boba. Então, não disse nada. Parecia a melhor coisa a fazer na época.

Ela parou de falar e nós todas ficamos quietas por um tempo. Continuei folheando a revista. Havia algumas fotos legais de blusinhas cheias de babados. Fiquei pensando se haveria alguma chance de eu convencer minha mãe a comprar uma blusa como aquelas.

De repente, Alice começou a dar umas risadinhas.

— Pobre Norman. O chiclete, os piolhos, Jamie vomitando. O que será que ele pensou?

— Na verdade, ele foi bem legal — disse Verônica. — Depois de um tempo, até começou a me mostrar o lado engraçado de tudo aquilo. Mas, é claro, não fazíamos ideia do motivo pelo qual você estava se comportando tão mal.

Alice cobriu o rosto.

— Ai, mãe. Sinto muito. Fui tão malcriada com você...

Verônica fez um carinho no joelho da filha.

— Bem, eu tinha dito a ele que você e Jamie estavam... hum... sendo... como posso dizer... hum... um pouco difíceis desde que viemos para Dublin. Pelo menos ele viu que eu estava dizendo a verdade.

Olhando para a mãe, Alice prosseguiu:

— Mãe, eu realmente sinto muito. Nunca pensei que você estava infeliz. Nunca pensei nos seus sentimentos. Eu só culpava você por tudo.

— Sinto muito também. Gostaria de ter conseguido ser feliz com seu pai, mas não deu. Eu lamento. Mas vamos superar isso. Prometo. As coisas estão ruins agora, mas vamos dar um jeito em tudo, prometo, tá?

As duas se deram um grande e longo abraço. Não conseguia me lembrar da última vez que tinha visto Alice abraçar a mãe.

Sorri. Tive uma sensação engraçada de que Verônica estava dizendo a verdade. Tudo acabaria ficando bem, com ou sem a ajuda de Norman.

Eu não precisava mais fingir que estava lendo. Jamie ainda dormia profundamente, e, tanto para Alice quanto para sua mãe, eu poderia muito bem estar invisível. Eu me levantei e fui na ponta dos pés até a porta. Entrei na cozinha e peguei um copo gigante de refrigerante de laranja, um pacote gigante de batatas fritas e dois biscoitos de chocolate.

Meu dia tinha sido longo e isso era o mínimo que eu merecia.

Capítulo vinte e quatro

Fiquei enfurnada no quarto da Alice um tempão. Ninguém veio procurar por mim, mas não me importei com isso. Estava contente com a oportunidade de relaxar sozinha. Fiquei ouvindo música no iPod dela e lendo todas as suas revistas.

De vez em quando eu escutava Alice e Verônica rindo. Depois de um tempo, notei que Jamie tinha se juntado a elas. O pobrezinho tinha passado o maior perrengue nos últimos dias, e fiquei satisfeita quando notei que ele estava feliz. Comecei a ter esperança de que Alice talvez não o tivesse prejudicado para sempre.

Ouvir Jamie rir me fez ficar com um pouco de saudade da Rosie, minha irmãzinha. Nunca pensei que fosse sentir saudade dela, afinal de contas, ela é só uma pirralhinha. Mas percebi que estava na maior ansiedade para vê-la de novo. Queria ouvi-la dizer "Maggie" daquele jeitinho fofo. Queria sentar no sofá e balançá-la no meu colo, cantando aquela musiquinha que ela adora.

Apesar de tudo estar aparentemente bem de novo, eu estava contente porque iria para casa no dia seguinte. Seis dias em Dublin não pareciam muito tempo quando eu estava só planejando vir para cá, mas tinham se transformado numa eternidade.

Muito, muito mais tarde, Alice entrou no quarto. Parecia cansada e um pouco pálida, mas estava sorrindo. Sentou-se na cama ao meu lado, e ficamos nos olhando.

— E então? — perguntei.

— Então o quê?

— Bem, não vejo você faz um tempinho. Como estão as coisas?

Ela fez uma careta.

— Ahh, Meg, sinto muito. Deixei você sozinha um tempão.

— Tudo bem. Eu precisava desse descanso! — disse eu, rindo.

— Não consigo suportar a ideia de que estava tão errada. Como pude ser tão burra?

— Não é culpa sua. Quem teria pensado que Norman era um simples *life coach*? Eu nem sabia que isso existia!

Alice suspirou.

— Talvez você tenha razão. Mas não consigo acreditar que me comportei de forma tão estúpida hoje de manhã. Por que você não me deteve?

Fiz uma cara feia para ela, que continuou.

— Tudo bem, você tentou. Como sempre você tinha razão, mas, como sempre, não escutei o que você dizia.

De repente, ela deu um risinho.

— Espero não encontrar o Norman nunca mais — acrescentou.

Ri junto com ela.

— Não se preocupe, não acredito que ele tenha pressa em encontrar você também.

Ficamos em silêncio um pouquinho. E foi Alice quem o quebrou.

— Agora essa ideia do Norman ser namorado da minha mãe parece uma maluquice.

Fiquei pensando que, talvez, algum dia, Verônica pudesse vir a ter um namorado, e Alice ia ter que se acostumar com isso. Mas aquela sem dúvida não era uma boa hora para dizer esse tipo de coisa.

— E como está sua mãe agora? — perguntei.

— Está bem. Tivemos uma conversa excelente. Resolvemos várias coisas. Pela primeira vez na vida sinto um pouco de pena dela. E pela primeira vez fui capaz de dizer como me sinto sem gritar. Depois contei tudo. Contei sobre o primeiro dia em que a seguimos, sobre a crise de apendicite falsa e sobre tê-la visto no cinema.

— Falou das balas vermelhas e laranjas que deu a Jamie?

Alice fez uma careta.

— Está bem, contei quase tudo. Acho que vou deixar para contar sobre as balas num outro momento.

— E como o Jamie está agora?

— Coitadinho. Passou a última hora aninhado no colo da mamãe. Estava incrivelmente quieto e fofo. Mas provavelmente amanhã vai estar a mesma peste de sempre, e nós vamos ter que dar conta disso. De hoje em diante vou ajudar minha mãe com ele. Antes, eu meio que fazia uma forcinha para ele ser mau só para punir minha mãe por ter nos trazido para cá.

— Fico contente que esteja tudo bem — disse eu, sorrindo.

Ela se deitou na cama.

— É, eu também.

— Sabe, isso está parecendo aquele seu último plano maluco — comentei, depois de pensar por um momento.

— Como é que é?

— Bem, da última vez, você queria fazer sua mãe voltar para Limerick e, apesar de aquilo não ter funcionado, pelo menos ela deixou você ir visitar seu pai mais vezes. Agora, apesar de não ter nenhum namorado envolvido na história, as coisas parecem melhores. Pelo menos você está conseguindo conversar com a sua mãe. Acho que vocês vão ficar mais felizes agora. Então, de um jeito engraçado, seu plano acabou funcionando.

Ela deu um largo sorriso.

— Talvez você tenha razão. Mas, Meg, sinto muito por tudo. Você deve ter passado uns dias horríveis.

Ela estava certa. Se algum dia eu resolvesse escrever a história da minha vida, essa parte certamente não contaria como o ponto alto da minha existência.

Mas eu simplesmente dei de ombros.

— Ah, quer saber, até que foi bem legal.

Alice olhou bem dentro dos meus olhos. Ela sabia que eu estava mentindo, e eu sabia que ela sabia. Mas não tinha importância. Mentirinhas como essas são permitidas entre amigas.

Alice deu um pulo.

— De qualquer forma, vista suas melhores roupas. Minha mãe vai nos levar para comer alguma coisa.

Minhas melhores roupas não eram tão boas assim. Então, vesti meu melhor jeans e Alice me emprestou uma blusa realmente bonita para combinar. Arrumamos o cabelo, pusemos um pouco do perfume novo da Alice e passamos esmalte rosa-claro nas unhas.

Então, Verônica entrou.

— Uau, meninas! Vocês estão lindas! — exclamou ela.

— Obrigada, mãe — disse Alice, fazendo uma pequena reverência em agradecimento. — Você também não está nada mal. Para onde vamos afinal?

Verônica franziu o rosto.

— Não sei. Tem tantos lugares legais, é difícil decidir. Talvez eu devesse...

Alice e eu nos entreolhamos, e depois gritamos juntas.

— ...consultar seu *life coach*!

E nós três caímos na gargalhada.

Capítulo vinte e cinco

Na manhã seguinte, acordei me sentindo ótima. Era meu último dia em Dublin e o primeiro sem um dos planos secretos da Alice. O único plano para aquele dia era nos divertirmos.

No café da manhã todos estavam se comportando às mil maravilhas. Jamie comia seus sucrilhos direitinho. Já Alice e a mãe conversavam como se fossem as melhores amigas do mundo. Cheguei quase a ficar com ciúmes, só não fiquei porque vi que Alice estava muito feliz, aí seria um pouco cruel da minha parte.

Enquanto estávamos arrumando as coisas, Alice quis saber sobre Norman.

— Você vai se encontrar com Norman hoje, mãe?

Sua mãe deu um sorriso engraçado.

— Vou, sim. Só vamos terminar o curso na sexta-feira da semana que vem. Você não se importa, não é?

Alice riu.

— Não, mãe. Nem um pouco. Quer deixar Jamie comigo e com Megan?

Verônica pensou por um momento.

— É gentil da parte de vocês oferecer, mas não, obrigada. Ele realmente precisa se acostumar à rotina. É melhor que vá à creche hoje.

Olhei para Jamie esperando um acesso de raiva, mas ele apenas deu um largo sorriso.

— É, vou para a creche. Vou brincar na areia com Jake e Niall.

Baixei a cabeça, tentando esconder um sorriso; estava me perguntando como uma família podia mudar tão completamente em 24 horas.

Depois que Verônica e Jamie saíram, Alice e eu fomos ao shopping. Comprei as balas que tinha prometido a Rosie: balas bonitas, saudáveis, de um rosa-claro feito com corante natural. Depois, fomos para a loja de bichinhos de pelúcia customizados. Fiz para Rosie um ursinho amarelo muito fofinho, com um grande laço laranja amarrado no pescoço. Alice fez para Jamie um coelho roxo com orelhas vermelhas. Parecia mesmo o tipo de maluquice que Jamie adoraria.

Para minha mãe comprei um sabonete líquido orgânico. Tinha uma detestável cor verde-catarro e o cheiro não era dos melhores. Bem, para ser honesta, era bem fedidinho — parecia cheiro de urtigas, grama podre, ou algo do gênero, mas eu sabia que isso era bem a cara dela.

Comprei para meu pai uma revista sobre futebol e uma barra do seu chocolate de laranja favorito.

Alice e eu procuramos feito loucas um livro realmente legal para Jamie.

— Ele adora quando leio, mas quase nunca faço isso — disse ela. — Vou ler para ele todas as noites daqui para a frente.

Ri comigo mesma novamente. Sabia que ela ia acabar arranjando outras coisas para fazer, mas era bom que estivesse pensando desse jeito.

Depois, fomos dar uma volta. Subimos e descemos várias vezes no elevador panorâmico até o segurança vir nos fazer parar. Ele não estava zangado, só deu uma piscadinha e perguntou se não gostaríamos de dar uma paradinha por um tempo. Fomos tomar suco de frutas (minha mãe teria ficado orgulhosa) e comer batatas fritas. Depois disso, Alice entrou numa joalheria e me pediu para ficar do lado de fora esperando. Quando saiu de lá, estava com um embrulhinho roxo nas mãos. Ela o enfiou no meu casaco.

— Só pode abrir quando estiver no trem — disse ela, toda séria.

Quando chegamos, já estava na hora de arrumar as minhas coisas. Verônica nos levou à estação e comprou para mim duas revistas e um livro. Eles, que não iam viajar, não podiam passar para o outro lado da cancela metálica, então, nos despedimos ali mesmo.

— Vamos sentir saudade de você, Megan — disse Verônica. Ela já tinha dito isso para mim várias vezes, mas pela primeira vez senti que era para valer.

Jamie puxou meu casaco e me curvei até meu ouvido ficar na mesma altura da sua boca.

— Não vou contar a mamãe a história das balas vermelhas. Juro.

Dei um largo sorriso para ele.

— Bom, garoto — sussurrei. — É melhor assim. Vai ser nosso segredinho.

Então, ele me deu o maior beijo molhado na bochecha. Tive que esperar uma hora em que ele não estivesse olhando para me enxugar com o dorso da mão. Alice me deu um abraço. Nunca nos abraçávamos quando éramos vizinhas. Agora aquilo tinha virado a coisa mais normal do mundo.

— Quando vou ver você de novo? — perguntei.

— Bem, no próximo fim de semana tenho um concerto na escola. Meu pai vem para cá no fim de semana seguinte. Então, talvez daqui a três fins de semana.

Ela olhou para a mãe, que sorriu.

— Parece ótimo. Você pode ir para Limerick então.

Nós todos nos despedimos mais uma vez, e passei pela roleta para ir pegar o trem. Quando cheguei na escada, olhei para trás. Alice fazia cócegas em Jamie e Verônica estava rindo dos dois. Há meses que eu não os via tão felizes.

Alice ergueu os olhos e acenou. Dei mais um tchauzinho e entrei no trem.

Assim que me acomodei na poltrona, abri o pacote que Alice tinha me dado. Era um miniônibus de prata pendurado num cordão. Muito fofo, mas não entendi por que ela estava me dando um ônibus. Remexi na caixinha e encontrei um bilhete lá no fundo.

Este vai ser o seu próprio life coach, *ele vai fazer o seu próprio caminho para o sucesso. Obrigada por tudo.*
Beijosssss, Alice.

Ri muito. Quando o trem começou a se mover, eu me recostei na poltrona e fechei os olhos. Parecia que tinha ficado fora por um longo tempo.

Pensei na viagem para Dublin. E me lembrei do bilhete da minha mãe. Fiquei me perguntando quantas daquelas regras eu havia quebrado. Mas, o que os olhos não veem, o coração não sente, não é mesmo?

* * *

Muito tempo depois, o trem entrou na estação de Limerick. Minha mãe, meu pai e Rosie estavam na plataforma esperando por mim. Saí correndo do trem e abracei todo mundo. Rosie começou a dar pulos e a puxar meu braço.

— Bala. Bala. Bala pla Rosie.

Sorri enquanto procurava as balas na mochila. Era maravilhoso estar de volta.

Então, foi essa a história...

...a não ser por mais um detalhe.

Capítulo vinte e seis

No sábado de manhã, duas semanas depois, eu estava arrumando meu quarto quando a campainha tocou. Corri para abrir a porta. Precisava fazer uma pausinha na arrumação das minhas meias e coisas velhas.

Quando abri, vi Alice bem na minha frente, com o maior sorriso estampado no rosto. Fiquei surpresa demais para dizer qualquer coisa. Estava de boca aberta, provavelmente parecendo meio abobalhada, mas Alice foi bem gentil e não demonstrou nada.

Finalmente, algumas palavras saíram da minha boca.

— Al! — exclamei. — O que está fazendo aqui? Achei que seu pai ia ver vocês em Dublin neste fim de semana.

Ela deu de ombros.

— E ia mesmo — respondeu com ar displicente. — Mas houve uma pequena mudança de planos. Em vez de ele ir, eu que vim para cá.

Eu ri.

— Sei. Vamos, entre logo.

Eu estava muito feliz de tê-la ali comigo. Conversar com Alice era tããããão mais divertido do que procurar pares de meias velhas (mas suponho que quase tudo na vida seja mais divertido que procurar pares de meias velhas).

Alice foi comigo até o quarto. Havia algo de engraçado nela, mas eu não conseguia saber o que era. Parecia estranhamente empolgada. Meio saltitante e ansiosa. Aquilo me deixou nervosa.

Perguntas começaram a se formar na minha cabeça.

Por que ela estava ali?

Por que estava sozinha?

Será que tinha brigado com a mãe?

Teria vindo me falar de outro plano maluco?

Eu seria firme o bastante dessa vez para resistir se ela quisesse que eu a ajudasse novamente?

Ela se sentou na cama, e eu me sentei a seu lado. Apesar de ter tantas perguntas para fazer, eu tinha medo de ir direto ao assunto. Não queria me meter em outro drama daqueles de *jeeeito* nenhum.

— Quer ouvir música um pouquinho? — perguntei.

Ela balançou a cabeça.

— Jogar Banco Imobiliário?

Ela balançou a cabeça novamente.

— Jogar basquete?

Alice fez que não mais uma vez. Eu estava ficando sem ideias. Ela havia acabado de se recusar a fazer todas as suas coisas favoritas. Que diabos estava acontecendo?

Ela se virou para mim e vi que seus olhos estavam com um brilho diferente.

— Vamos lá, Meg. Pode perguntar — disse ela.

Fiquei completamente confusa com isso.

— Perguntar o quê?

— Por que houve uma mudança de planos. Pergunte por que estou aqui.

Suspirei.

— Está bem. Por que houve uma mudança de planos? Por que você não está em Dublin com seu pai?

Ela não respondeu. Tive vontade de pegá-la pelos braços e sacudi-la.

— Fale comigo, Al. Diga por que está aqui.

Então ela se levantou de um salto e me puxou pelos braços até eu ficar de pé também. Me abraçou e começou a dançar como se tivesse ficado completamente maluca. Suportei aquilo por cerca de um minuto, depois me soltei. Comportamentos extremos sempre me deixam tensa.

— Al? O que está acontecendo? — perguntei, intrigada.

Ela parou de dançar e disparou a falar um monte de coisas entrecortadas e confusas.

— Ora, não estou em Dublin porque minha mãe quis vir para Limerick passar o fim de semana. Disse que tínhamos que vir. Ela está... está... Ela está procurando um apartamento. Nós vamos... vamos... quero dizer... minha mãe, Jamie e eu... nós vamos...

Parou de falar e me abraçou de novo. Eu nem quis me atrever a ter esperança de que...

— Você vai...?

Ela fez que sim com a cabeça.

— Vamos, nós vamos... — Parecia que nenhuma das duas conseguia pronunciar as palavras. Houve um momento de silêncio e então explodimos juntas.

— Nós vamos voltar a morar em Limerick!

— Vocês vão voltar a morar em Limerick?

Nessa hora, pulamos, gritamos e nos abraçamos, e depois pulamos ainda mais.

Dez minutos depois, quando tínhamos nos acalmado um pouco, Alice explicou o que havia acontecido.

— No fim das contas, temos que agradecer ao Norman — disse ela.

— Quer dizer que essa ideia foi dele?

Alice riu.

— Não exatamente. Ele é um *life coach*. A função dele não é ter ideias. Apenas escuta os clientes e espera que eles tenham as próprias ideias.

Eu ri também.

— E?

— Bem, depois de quatro semanas pagando caro pelo tempo de Norman, minha mãe descobriu que, mudando-se para Dublin, tudo o que conseguiu foi carregar junto com ela seus velhos problemas e criar alguns novos.

— Alguns?

Ela riu.

— Está certo. Ela criou muitos problemas novos. De qualquer forma, Norman a ajudou a enxergar que viver em Limerick não era o problema. E que ter fugido para Dublin só fez as coisas piorarem. Então, estamos voltando. Poderemos ver meu pai todos os dias, e vou poder ver você sempre que quiser. Jamie pode voltar para a creche antiga onde era feliz, e onde ninguém sabe o que ele fez com Robbie Williams!

Eu ri enquanto ela prosseguia.

— Minha mãe vai fazer um curso de design de interiores e tentar conseguir um trabalho de meio expediente.

Ri de novo.

— Ah, o bom e velho Norman. Eu me pergunto se você não deveria mandar para ele um cartão agradecendo.

Alice balançou a cabeça.

— Acho que não. Ele certamente não vai gostar de se lembrar que eu existo.

— É, acho que você tem razão. Mas me conte, quando vai mudar de volta?

— Essa é a melhor parte. Quando minha mãe se decide, ela age bem depressa.

Isso era verdade. Em agosto passado, Verônica decidiu que ia mudar para Dublin e em menos de uma semana eles já tinham feito as malas e ido embora.

— Bem depressa quando? — insisti.

— Como eu disse, ela está vendo um apartamento agora. É logo ali na esquina. Perto da loja. Se gostar dele, nos mudamos na Páscoa.

Pensei por um instante.

— Mas a Páscoa é só daqui a três semanas.

Alice deu um sorriso radiante.

— Eu sei. Não é a melhor novidade do mundo? Depois da Páscoa vou poder voltar a ir à escola com você. Vamos poder fazer o dever de casa juntas. Vamos poder odiar Melissa juntas novamente. E também vamos poder fazer a crisma juntas, como sempre planejamos. Tudo vai voltar a ser como antes.

— Tudo vai voltar a ser como antes — repeti, com o maior sorriso.

— A não ser pelos meus pais que não vão ficar brigando o tempo todo.

Alice abriu um sorriso tão grande, que achei que seu rosto fosse se partir em dois.

Não deve ser possível morrer de felicidade, porque, se fosse, eu teria morrido naquele exato instante. Parecia que finalmente íamos viver felizes para sempre.

Uma hora depois, Verônica chegou com Jamie. Alice e eu corremos para recepcioná-los na porta. Verônica balançou um molho de chaves no ar.

— Boas notícias. Vai ser nosso por um ano. E isso é só o começo. Podemos nos mudar quando quisermos.

Alice abraçou a mãe até ela implorar para que a soltasse.

Minha mãe chamou Verônica para entrar e tomar um chá de ervas. Nós todos nos sentamos na sala. Jamie foi brincar de Barbie com Rosie. Alice e eu estávamos fazendo as unhas uma da outra.

Minha mãe disse a Verônica como seria bom tê-la de volta em Limerick. Acho que estava sendo sincera.

Verônica tomou, sem fazer careta, o chá, que tinha um cheiro horrível, e comeu dois biscoitos de aveia orgânicos sem sal. Estavam sentadas uma ao lado da outra em nosso grande e velho sofá. Olhei para seus pés. Minha mãe estava com uns delicados tamanquinhos de couro, que pareciam enormes, pesados e feios ao lado dos sapatos de bico fino de Verônica. Essas duas nunca iam conseguir ser amigas, mas era nítido que estavam se esforçando.

E durante toda aquela tarde, Alice e eu rimos, brincamos e fizemos de tudo para não morrer de felicidade.

Este livro foi composto na tipologia Sabon LT Std, em corpo 11,5/17, e impresso em papel off-white 80g/m² no Sistema Cameron da Divisão Gráfica da Distribuidora Record.